TASCABILI ragazzi

Logo di collana: Simonetta Zuddas

Testi: Domenica Luciani
Redazione e impaginazione: Paola Fabris

www.giunti.it

Via Bolognese, 165 - 50139 Firenze - Italia
Piazza Virgilio, 4 - 20123 Milano - Italia

Prima edizione: maggio 2016
Seconda ristampa: maggio 2018

MISTO
Carta da fonti gestite in maniera responsabile
FSC® C005461
FSC www.fsc.org

Stampato presso Rotolito S.p.A. – Seggiano di Pioltello (Mi)

DOMENICA LUCIANI

VACANZE AL FARO MALEDETTO

GIUNTI

I

Il caso che mi ha incasinato

Lo ammetto: prima di quell'estate terrificante non avevo mai visto un faro, né avevo mai incontrato un morto affogato in una notte di tempesta. Il che mi aveva assicurato una vita tranquilla per un bel po' (se si eccettua, naturalmente, quell'altra orribile estate passata a rincorrere un malefico fantasma in un desolato paesino del Trentino... un'avventura davvero incredibile, che vi ho raccontato in *Vacanze al cimitero*).

Ma la vita tranquilla non fa per uno come me, che ama indagare misteri inquietanti dovunque si trovi, anche su una spiaggia assolata, sotto un innocuo ombrellone a spicchi colorati. Elementare, Watson: sono un detective nato e sputato e fate conto che mi chiami Sherlock (come il grande Holmes), anziché Gerardo Conti (o, come tutti mi chiamano, Jerry).

Se non ci credete (e se avete il cuore forte e nessun caso di infarto in famiglia), leggete questa storia.

Però, prima che cominci ad "affilare" la memoria per raccontarvela, sappiate che ogni ricordo legato a quell'estate è accompagnato nella mia mente dal suono cupo della risacca del mare, quando il crepuscolo calava sulla spiaggia di Lido Funesto e l'Isola degli Annegati spariva nell'abbraccio delle tenebre... Non che le tenebre abbiano le braccia, ma questa forse è l'espressione più azzeccata. Avete mai fatto caso, infatti, che quando siete al buio e ve la state facendo sotto dalla strizza, vi sembra sempre che qualcuno vi sfiori?

Ma tornando alla risacca, quel suono, assieme all'ululare del vento e alle strida dei gabbiani, è stato davvero la colonna sonora di quell'incredibile avventura. Tanto che, ancora oggi, lo sciaguattio delle onde sulla battigia di una spiaggia qualsiasi è sufficiente a farmi accapponare la pelle. Perché non posso fare a meno di pensare che, se la fortuna non fosse stata dalla mia, a quest'ora il mio corpo scheletrito potrebbe trovarsi sul fondale oscuro delle profondità marine, incrostato di alghe e patelle e divenuto dimora di pesci ciechi degli abissi.

E invece, colpo di coda: eccomi qua, vivo e vegeto, a farvi il resoconto di come è andata – ovviamente dal principio.

Un pomeriggio di inizio luglio, spenzolandomi dal balcone di camera mia, ero intento a origliare la conversazione che stava avvenendo nel giardinetto qualche metro più sotto.

Quella mattina avevo visto la signora Nebbiai (nostra vicina e proprietaria del giardino) trascinare furtivamente un sacco di tela fin sotto il suo albero di melograno. Il sacco sembrava contenere un corpo morto e, dalle dimensioni, ho dedotto che potesse trattarsi di un bambino sui tre anni (come appunto suo nipote Attilio). Il mio sospetto è diventato certezza quando la signora ha agguantato una pala e ha cominciato a scavare una fossa proprio sotto il melograno. Dentro ci ha buttato il sacco, ricoprendolo poi accuratamente di terra.

Nella tensione del momento, mi sono rigirato lo stecco di un ghiacciolo fra i denti (non fumo ancora la pipa come Sherlock, quindi, nei momenti cruciali delle mie indagini, mi caccio in bocca la prima cosa che mi trovo per le mani).

«Be', il caso è quasi risolto» ho bisbigliato fra me e me.

Immaginavo già che la vecchia, esasperata da quel moccioso petulante, lo avesse fatto fuori in qualche modo e poi si fosse sbarazzata del cadavere in quel modo ingenuo (tempo un giorno e, con quel caldo asfissiante, il corpo avrebbe cominciato a puzzare come un letamaio, attirando l'attenzione di tutto il vicinato).

Ma la Nebbiai non doveva aver agito da sola: a quanto pareva, il marito era stato complice dell'infanticidio (è così che si dice quando la vittima assassinata è un bambino). Ora, infatti, i due stavano complottando fra di loro, le teste vicine come due castagne in un riccio. Io ho aguzzato le orecchie.

«È una fortuna che quasi tutto il vicinato sia partito per le vacanze» ha detto il signor Nebbiai. «Così nessuno si è accorto di nulla».

«Speriamo» ha detto la vecchia criminale. Poi, facendo un sospiro: «Poverino, che vita breve che ha avuto!».

«Eh sì» ha detto il marito. «Non si può dire che tre anni siano un granché...»

"Che faccia tosta!" ho pensato. "Ma se sono stati loro a toglierlo di mezzo..."

Il vecchio ha ripreso a parlare.

«Se non altro è una bella tomba, all'ombra di questo melograno» ha detto. Poi, sovrappensiero, ha aggiunto: «Non c'era un poeta che ha scritto di un melograno e di qualcuno che era già sottoterra?».

«Sì, il Carducci!» ha risposto la nonnetta Omicidi. «Ha composto una poesia per il suo bambino morto».

Avevo sentito abbastanza! Così sono rientrato come una scheggia nella mia stanza, ho afferrato il telefono e ho chiamato la polizia, sicuro del fatto mio. Mi ci è voluto del bello e del buono per convincere l'agente che si trattava di un'urgenza seria e non di uno scherzo. Sentendo la mia voce, infatti, lui mi aveva chiesto l'età; saputo che avevo solo quattordici anni, aveva pensato che gli avessi raccontato una frottola.

«Uhm... un bambino di tre anni, hai detto?» mi ha chiesto per la terza volta.

«Sì, si chiama Attilio Nebbiai, porta sempre una maglietta dei Pokemon e per lo più strilla come un paperotto di quelli col fischio incorporato. Ah, in genere ha anche una candela di moccio verde pistacchio che gli esce dal naso. Sia d'inverno che d'estate».

«Be', sta di fatto che per il momento non è stata denunciata la scomparsa di nessun bambino di quell'età».

Ho cominciato a spazientirmi.

«Per forza!» ho gridato come un ossesso. «I genitori lo hanno affidato ai nonni e pensano che sia al sicuro. Mica possono immaginare che quei due gli hanno fatto la festa e una bella tomba nel loro giardino!»

E siccome lui sembrava ancora perplesso, ho aggiunto: «Non sa che, stando alle statistiche, il novanta per cento degli omicidi è commesso da amici e parenti della vittima?».

«È vero, ma...» ha riconosciuto lui (e, vi assicuro, c'era una sfumatura di ammirazione nel tono della sua voce).

Io non gli ho fatto terminare la frase e ho tagliato corto: «Venga a fare un sopralluogo e vedrà che sotto quel melograno c'è il cadavere di un bambino innocente!» ho insistito. «O forse vuole che quella coppia di assassini la faccia franca e finisca i suoi giorni in un pensionato di lusso?»

«E va be'» ha detto lui con un tono vagamente disperato. «Manderò un paio di colleghi sul posto e staremo a vedere».

Così ho riattaccato, mi sono battuto il cinque allo specchio e sono corso all'armadio di camera mia. Infatti, ho pensato di togliermi seduta stante la mia solita divisa estiva casalinga (pantaloncini con la radiografia del cervello di Homer Simpson raffigurata sul sedere, canotta nera con Bugs Bunny che rosicchia una carota in tenuta da basket); quindi, di mettermi qualcosa di più adatto a un detective di fama come me – oltretutto in procinto di mietere un altro succulento successo.

Sarebbe stato perfetto avere una mantella a scacchi con cappellino abbinato stile Sherlock, ma il mio armadio offriva solo roba poco seria (jeans a vita bassa, di quelli che mostrano le mutande, e t-shirt con un vasto assortimento di personaggi di *Shrek*, *Toy Story* e compagnia bella). Così, dopo avere scartato la felpa di Dylan Dog, ho avuto un'idea fulminante e mi sono fiondato in camera dei miei. Ricordavo che il babbo aveva una splendida giacca a scacchi, con le toppe di camoscio sui gomiti e risvolti pure di camoscio. L'aveva comprata a Londra, la patria del mio idolo: il più grande detective di tutti i tempi!

L'ho trovata a colpo sicuro nella parte del guardaroba invernale (in effetti era un po' pesantuccia) e l'ho indossata proprio nel momento in cui ho sentito la sirena della polizia arrivare sparata sotto il mio palazzo. Nella foga del momento, mi sono scordato di mettermi i jeans e così sono rimasto con i pantaloncini da casa. Quindi mi sono letteralmente catapultato giù per le scale.

"Vecchiacci, vi ho fregato!" ho pensato fra me e me.

Mi sentivo come l'ispettore Derrick quando il telefilm sta per finire e di norma il caso è già risolto. Solo che Derrick è un po' lumacone, mentre io ho polverizzato una trentina di gradini in un nanosecondo.

Nell'atrio ho incrociato i poliziotti e mi sono presentato come l'autore della telefonata d'emergenza. Loro però, più che ascoltarmi, continuavano a fissarmi la giacca (che mi arrivava alle ginocchia) con un'aria di stupore misto a soggezione (non si aspettavano un così giovane detective in alta uniforme). Insomma, hanno suonato il campanello dei Nebbiai e, dopo poco, la porta si è aperta e sono comparse le facce grinzose di quei due avanzi di galera.

Non ci crederete, ma i vecchi sono cascati completamente dalle nuvole quando uno dei due poliziotti ha detto loro che doveva fare un accertamento in seguito a una segnalazione ricevuta quello stesso pomeriggio.

«Che segnalazione?» ha chiesto il Nebbiai accigliato.

«Che cosa volete da noi?» ha chiesto sua moglie a ruota.

I poliziotti non si volevano sbottonare, ma intendevano andare difilato nel loro giardino. I Nebbiai però non avevano intenzione di farli passare, perché prima esigevano di vedere un mandato di perquisizione. Siccome erano tutti impegnati a discutere e a gesticolare come agenti di Borsa, io ho approfittato della confusione per intrufolarmi in casa. Per noi detective, infatti, è un privilegio poter piombare sul luogo del delitto (o comunque della sepoltura) prima delle forze dell'ordine.

Ma poi me ne sono pentito subito. Infatti temevo che Babàr, il cagnaccio dei Nebbiai, mi sarebbe saltato addosso con le fauci spalancate. Perlomeno, questo era il benvenuto che quello spinone ringhioso dava sempre al postino e a tutti i malcapitati che varcavano la soglia di quell'appartamento.

Dirò subito che, in generale, non nutro una grande passione per i cani: quando non ti sbavano addosso, abbaiano senza senso perforandoti i timpani, oppure ti spaventano con le loro terrificanti apparizioni (come il mastino dei Baskerville del celebre episodio di Sherlock Holmes). Però lo spinone non si è fatto vivo e io ho pensato ingenuamente che fosse rintronato dall'afa e che stesse ronfando in qualche angolo remoto della casa.

Ero già arrivato nel soggiorno che dà sul giardino, che i poliziotti hanno fatto irruzione e mi hanno battuto sul tempo. In men che non si dica, hanno avvistato il cumulo di terra smossa sotto il melograno incriminato. Accorsi fuori, si sono messi a scavare come due indemoniati, uno con la pala, l'altro con le mani nude, finché non è emerso in superficie un lembo di tela. Il sacco col cadavere!

Il vecchio Nebbiai si è slanciato verso il sacco, come volesse impadronirsene e così far sparire il corpo del reato (o meglio: il corpo del nipote). Un poliziotto, però, lo ha stoppato con la pala spianata e intanto ha fatto cenno all'altro di aprire il sacco. La Nebbiai allora ha calato la maschera e si è messa a piangere.

«Oh, ci dovete scusare!» ha mormorato ai due agenti fra i singhiozzi. «Lo sappiamo che non è lecito, ma noi gli volevamo così bene...»

«Questa poi!» mi è scappato detto. «Prima lo levano dal mondo e poi lo rimpiangono!»

«Tu, ragazzo, stai zitto» ha detto il poliziotto con la pala.

«Be', è il colmo» ho obiettato io tirandomi su le maniche della giacca (erano troppo lunghe e mi impedivano di gesticolare). «Vorrei farle presente che se non fosse stato per me...»

Nessuno però mi ha badato. Ora tutti fissavano il sacco, dal quale spuntava una testa un po' troppo pelosa. Voglio dire, il moccioso aveva una bella zazzera di capelli, ma quella francamente sembrava più... una folta pelliccia.

«Un cane!» ha esclamato il poliziotto che aveva aperto il sacco.

«Un cane?» ha ripetuto l'altro incredulo.

«Sì, il nostro cane» ha precisato il vecchio.

«Il nostro Babàr» ha detto la vecchia tirando su col naso. «Aveva solo tre anni, ma era malato di tumore. Il veterinario ha deciso di sopprimerlo per risparmiargli un sacco di sofferenze e noi...» qui si è interrotta, riprendendo a piangere.

Allora suo marito ha proseguito per lei: «... noi abbiamo pensato di fargli una bella tomba nel nostro giardino. Ci disgustava il pensiero che il suo corpo venisse bruciato in un forno comune assieme ai cadaveri di altri animali sconosciuti».

"Porco cane!" ho pensato io.

Contrariamente a quanto immaginate, non stavo affatto maledicendo Babàr (pace all'anima sua), ma la mia cattiva sorte. Purtroppo avevo avuto un'intuizione sbagliata... e questo capita nelle migliori famiglie di detective.

Certo, i due vecchi avevano infranto la legge, perché è proibito seppellire cadaveri di animali che siano stati mandati all'altro mondo con un'iniezione letale. Infatti il veleno mortale è altamente inquinante e può provocare danni vari all'ambiente (tipo far crescere insalata tossica e carote radioattive). Il che spiega la preoccupazione dei Nebbiai di essere scoperti dai vicini.

Ma il nostro codice penale non prevede l'arresto per un reato del genere. Figuriamoci che i due vecchi non hanno dovuto nemmeno pagare un'ammenda! I poliziotti, mossi a compassione dalle lacrime stomachevoli di quella donna, hanno imposto solo di poter requisire il sacco coi resti di Babàr per portarlo ai macelli. Là il suo corpo sarebbe stato incenerito come prevede la normativa.

Perciò ancora non capisco perché volevano che io, che non c'entravo un fico secco nella faccenda del cane, gli pagassi cinquanta euro per falsa chiamata d'emergenza.

Naturalmente ho cominciato a elencare le mie ragioni, affermando che per me quell'emergenza era vera eccome e che senza quel loro sopralluogo non si sarebbe potuto dimostrare che era falsa.

Questa discussione è avvenuta nell'atrio del nostro palazzo, dato che i Nebbiai, fra l'offeso e l'incavolato, ci avevano più o meno buttati fuori di casa dopo aver mollato ai poliziotti il sacco col defunto cane.

Insomma, sfortuna ha voluto che il babbo stesse rincasando proprio in quel momento, per di più sudato come un maiale che sta a grufolare in un'aia arroventata dal sole.

La prima cosa che ha detto, con un'aria scocciata, è stata: «Che cavolo ci fai con la mia giacca londinese?».

Chiunque sa che non si può rispondere a una domanda con un'altra domanda. E invece questo è stato proprio quello che hanno fatto i due poliziotti, chiedendo in coro: «È per caso suo figlio?».

Al che il babbo, in tono truce, ha risposto che sì, sciaguratamente ero suo figlio.

«Ottimo» ha osservato il poliziotto col sacco in mano (che già stava cominciando a puzzare). «Visto che è minorenne, sarà lei a pagarci la penale».

«Che penale?» ha chiesto il babbo strizzando gli occhi come i personaggi cattivi dei fumetti.

A questo punto i due hanno fatto un resoconto dettagliato di tutta la vicenda, a partire dalla mia telefonata di falsa emergenza fino al ritrovamento della salma canina. E, per tutto questo tempo, mi hanno tenuto tutti e due una mano stretta a morsa sulla spalla, impedendomi anche solo di alzare le braccia (in segno di resa), figuriamoci di scappare.

Eppure, quando se ne sono andati (soddisfatti di avere intascato il cinquantone), avrei di gran lunga preferito esser portato via da loro in manette che restare nelle grinfie di mio padre.

II

Come un film di Hitchcock

Che possibilità di carriera può avere un detective costretto a passare l'estate in una città priva di abitanti?

Eh sì, ormai eravamo ad agosto inoltrato e Firenze era diventata una città fantasma: strade vuote e silenziose, saracinesche abbassate di negozi "chiusi per ferie" e case mute dalle persiane sigillate.

A parte lo spasso di trascorrere le vacanze in una delle città più calde d'Italia (per di più quando tutti i tuoi amici sono al mare o in montagna), per me il guaio principale era l'assenza di materiale umano su cui svolgere le mie indagini. Perché un detective senza un criminale cui dare la caccia è come un barbecue senza una salsiccia da arrostire: perfettamente inutile.

Bella punizione aveva escogitato mio padre per l'abbaglio che avevo preso col caso Nebbiai! Eppure la mamma gliel'aveva detto che era ingiusto far saltare le vacanze a tutta la famiglia quando l'unico da bastonare ero io. Ma lui era stato irremovibile e aveva voluto a tutti i costi annullare la prenotazione al *Residence Verdepineta* (nell'amena località di Marina del Sole). Anzi, si era quasi rallegrato di non dover sborsare la "cifra ladresca" (come diceva lui) richiesta dai gestori del residence per due settimane di soggiorno (servizio spiaggia compreso). Non so se mio padre a volte è più aguzzino o semplicemente taccagno.

Disteso sul pavimento, rimuginavo la mia triste situazione davanti alla mia valigetta da detective. Quell'estate non mi sarebbe servita a niente, a meno che non me la volessi trascinare dietro nelle mie rare puntate alla piscina comunale. Ma per investigare che cosa? La percentuale di pipì disciolta nell'acqua? Non mi ci vedevo proprio a smascherare il colpevole: "Confessi, è stato lei a svuotare la vescica nella vasca!".

Ho rimirato con rassegnazione il contenuto della mitica valigetta: un astuccio portafazzoletti con miniregistratore incorporato, una macchina fotografica polaroid, una lente d'ingrandimento, un bloc-notes e una torcia elettrica. Tutta roba che mi era servita una cifra nel caso che avevo già risolto.

Ho fatto un sorriso amaro e ho agguantato la new entry del corredo della mia valigetta: un binocolo di legno di radica, con tracolla di vero cuoio. L'ho puntato verso il soffitto. Le lenti mi hanno mostrato un'immagine sfocata della costellazione fosforescente che ci avevo appiccicato l'inverno prima (stelle adesive, è suggestivo vederle brillare al buio quando sei a letto).

In realtà quel binocolo funzionava benissimo sulle lunghe distanze. Me l'aveva regalato lo zio Adelmo per Natale e io gli avevo trovato subito un legittimo spazio dentro la valigetta. Inutile dire che mio padre si era arrabbiato non poco con lo zio. A suo parere, con quel regalo lui stava solo incoraggiando quell'atroce e incontenibile vizio che avevo manifestato fin dalla nascita e che era una dannazione per tutti: il ficcanasare ai danni del prossimo indifeso.

Ma a me quel binocolo piaceva una cifra: sia perché aveva una custodia nera di pelle filettata d'oro (un po' funebre, lo ammetto, ma rispecchia bene il gusto di mio zio: fa il becchino in un cimitero); sia perché non era nuovo, ma di antiquariato (lo zio lo aveva trovato nella bara di un alpinista che aveva personalmente esumato). Quell'oggetto poi mi faceva sentire ancor più vicino al mio beniamino – l'impagabile Sherlock. Perché nell'era digitale, dove ogni paparazzo che si rispetti ha un teleobiettivo che gli permette di mettere a fuoco la cellulite sulle chiappe di una velina a qualche chilometro di distanza, fare il detective col binocolo a tracolla vuol dire davvero essere rimasto all'Ottocento (il secolo del grande Holmes, appunto!).

Insomma, rigirandomi quel gioiello fra le mani, mi è venuto in mente un film del grande regista inglese Alfred Hitchcock. Si tratta di un giallo appassionante, dove l'investigatore di turno è in realtà solo un tipo curioso (come me), costretto a stare chiuso in casa (come me) per via di una gamba ingessata (non come me: per ora non ho arti rotti, anche se il babbo minaccia sempre di spezzarmene qualcuno). Fatto sta che questo tipo scopre un delitto semplicemente scrutando con un binocolo giorno e notte da una finestra quel che succede nel cortile davanti.

Animato da un'improvvisa energia, ho spalancato la portafinestra e sono zompato sul balcone con un tale slancio che ci è mancato poco finissi di sotto (i Nebbiai sarebbero stati contenti di vedermi spiaccicato sulla ghiaia del loro giardino). Mi sono appoggiato alla balaustra e ho diretto il binocolo verso il casermone di fronte, incollando gli occhi alle lenti. Ruotando indice e pollice, ne ho regolato il fuoco. E voilà! Dopo qualche istante, ero in grado di vedere distintamente il bengalino rinchiuso nella gabbietta appesa sul terrazzo di sinistra al quinto piano del palazzo (un poveretto con una testolina tutta spennata modello skinhead).

Per il resto, non c'era granché da vedere a quel piano: come previsto, persiane e serrande erano chiuse, probabilmente perché gli inquilini erano in vacanza (di lì a poco avrei scoperto che una vecchietta innocua veniva ogni sera alle diciannove in punto ad accudire al bengalino).

Ho spostato il binocolo al piano di sotto. L'unica cosa degna di nota che ho osservato è stato un reggiseno rosso e giallo, di taglia XXL, adornato di piume, che lì per lì ho scambiato per un pappagallo. Ciondolava malinconico da uno stendibiancheria e ne ho dedotto che la sua proprietaria dovesse essere una ballerina brasiliana con le tette siliconate.

Abbassando ancora il binocolo, ho colto un movimento sospetto sul terrazzo di sinistra del terzo piano. Ho aguzzato la vista: un ragazzo magro e abbronzato come una barretta di cioccolato fondente stava armeggiando affannosamente alla maniglia della portafinestra. Elementare, Watson: stava cercando di forzarla!

Ho subito intuito che fosse un ladro e che avesse scalato il palazzo aggrappandosi alla grondaia. Lo provava il suo abbigliamento sportivo (canottiera e shorts), nonché la frenesia con cui tentava di riuscire nell'impresa. Doveva essere uno di quei tipici topi di appartamento che svaligiano le case d'estate quando i proprietari sono in vacanza. Il periodo era ideale, visto che mancava qualche giorno a Ferragosto. La serratura della porta, però, non voleva saperne di cedere e così lui ha acchiappato un pesante vaso di gerani e ha infranto il vetro. Poi ha infilato la mano destra nel buco e ha girato la chiave che era all'interno.

Ovviamente, se avessi potuto seguire il mio istinto, mi sarei fiondato al telefono e avrei chiamato subito la polizia. Ma, ripensando al caso Nebbiai, ho preferito andare coi piedi di piombo.

"Calma, Jerry" mi sono detto. "Aspetta di avere altre prove inequivocabili e vedrai che incastrarlo sarà uno scherzetto".

Poi però mi sono pentito di questa decisione, perché il ragazzo-barretta è sparito in quella casa e per le cinque ore successive (cioè tutto il tempo che sono rimasto al balcone a spiare) non si è più fatto vedere. Ho immaginato allora di aver perso un'occasione d'oro: indubbiamente il furfante aveva ripulito l'appartamento e poi era uscito indisturbato dalla porta con la refurtiva.

Inutile dire che mi sono dato dello scemo un centinaio di volte. Ma il giorno dopo ho ripreso l'appostamento col binocolo, anche se onestamente non nutrivo nessuna speranza di ribeccarlo. Invece ho avuto una sorpresa inaspettata: il ladro è ricomparso sul terrazzo!

Stavolta, però, anziché armeggiare alla porta, era steso a torso nudo su una sedia a sdraio e stava spalmandosi sulla pancia una crema giallastra – indubbiamente un abbronzante.

Ero eccitatissimo e il cuore ha preso a battermi all'impazzata. Intanto il mio cervello lavorava febbrilmente. Se era così calmo e a suo agio, voleva dire che sapeva per certo che gli inquilini di quella casa erano in vacanza. Lo spudorato (forse un barbone senza fissa dimora) si era piazzato lì dentro come in una pensione a cinque stelle!

Purtroppo il bagno di sole è durato un'oretta circa, dopodiché il manigoldo si è alzato dalla sdraio, ha agguantato il tubo di crema abbronzante ed è sparito dentro l'appartamento. Per quel giorno non si è fatto più vedere, malgrado io non mi fossi più mosso dal balcone e stessi con lo sguardo fisso a puntare quel terrazzo come una sentinella punta il nemico.

Nei giorni seguenti avevo talmente preso sul serio la mia nuova missione che mi piazzavo di vedetta col binocolo già alle otto di mattina e restavo in postazione fino alle otto di sera (con una pausa di circa un'oretta per il pranzo). Per ridurre al minimo i miei spostamenti, avevo perfino sistemato accanto alla sedia pieghevole un piccolo frigo portatile. Dentro c'erano bibite fresche, ghiaccioli e gelati vari. Ma a forza di bere per il gran caldo, mi scappava la pipì ogni due per tre. Così, per evitare di dover andare al bagno in continuazione, ho cominciato a farla nell'annaffiatoio delle piante (naturalmente dopo aver tirato la tenda a mo' di paravento).

Il mio zelo è stato premiato. Due giorni dopo l'avvistamento sulla sdraio, il ragazzo-barretta è riapparso una sera in gran spolvero, con lunghi pantaloni bianchi e una camicia hawaiana decorata con palme e soli sgargianti. Di sicuro aveva saccheggiato il guardaroba dei padroni di casa. Comunque sia, ha sistemato sul terrazzo un tavolino rotondo e due sedie e poi ha cominciato ad apparecchiare la tavola. Ha messo piatti, bicchieri, posate e una candela rossa nel mezzo. Ho dedotto che stesse aspettando ospiti e difatti, dopo un'oretta di preparativi, è arrivata una ragazza con i capelli viola e due anelli nel naso.

I due si sono messi a chiacchierare. Poi il ragazzo ha acceso la candela e ha portato in tavola delle tartine (con uovo sodo), un vassoio di panzanella e un altro vassoio con prosciutto e fette di melone. Insomma, una cena estiva in piena regola. Nel guardarli mangiare a quattro palmenti, mi sono chiesto se il ladro avesse svuotato anche il frigo di quell'appartamento oppure se avesse trovato un deposito nascosto di denaro e con quello ci avesse fatto la spesa.

Intanto la cena estiva si era trasformata anche in cena galante. Infatti, arrivati al dessert (fragole e gelato), il ragazzo-barretta ha messo un braccio intorno alla spalliera della sedia della ragazza e le ha sussurrato qualcosa nell'orecchio.

E a questo punto, improvvisamente, si è voltato in direzione della mia terrazza. In seguito ho ripensato a lungo a quel gesto, che ha innescato la serie di eventi che avrebbe dato una svolta definitiva alla mia estate. Ho escluso che il ragazzo si sentisse osservato, perché fino a quel momento avevo svolto il mio lavoro in modo molto cauto e circospetto. Piuttosto, penso che quello fosse l'attimo cruciale, cioè che lui stesse per baciare la ragazza dai capelli viola. Insomma, voleva solo dare un'occhiata intorno per accertarsi di non essere sotto il mirino di occhi indiscreti. Ma così facendo è incappato nel mio binocolo!

La sua reazione è stata brusca. Si è alzato di scatto dalla sedia, ha acchiappato la ragazza per un gomito e l'ha trascinata in casa. Dopo qualche secondo, però, è riapparso sul terrazzo per spegnere la candela. Inutile dire che ha di nuovo alzato lo sguardo verso di me – uno sguardo che non prometteva niente di buono.

Ma un bravo detective non si fa certo scoraggiare da questo tipo di cose. Perciò il giorno dopo ho rifornito il piccolo frigo, ho vuotato l'annaffiatoio e mi sono rimesso di sentinella sul balcone. Verso le undici, il ragazzo ha fatto capolino sul terrazzo. Aveva indosso solo un paio di boxer e sembrava molto soddisfatto. Si è appiattito i capelli arruffati sulla testa, ha fatto uno sbadiglio e si è stirato le braccia. Ne ho dedotto che dovesse essersi appena alzato dal letto. Non da solo, però, visto che qualche minuto dopo è apparsa al suo fianco anche la ragazza (pure lei in tenuta da notte: un orrido pigiama coi Puffi).

Il furfante aveva davvero messo radici in quella casa! Ma avevo appena formulato questo pensiero che lui mi ha sgamato di nuovo. Stavolta però mi ha fissato più a lungo e con un'espressione fra l'incredulo e l'infastidito.

Questa scena si è ripetuta anche nei tre avvistamenti successivi e devo dire (onore al merito) che lui è sempre stato il primo a staccare gli occhi da me. Io invece ho resistito impavido e sono rimasto eroicamente col binocolo fisso su di lui, come un cacciatore col fucile puntato sulla preda.

Il 17 agosto, in tarda mattinata, la mamma mi ha spedito al mercato a comprare un'anguria fresca. A malincuore ho lasciato la mia postazione, benché dalle prime luci dell'alba fino a quel momento sul terrazzo incriminato il ragazzo-barretta non si fosse visto.

Per una sana abitudine da detective, mi sono incamminato con la borsa della spesa in mano e il binocolo a tracolla. Mentre percorrevo via Sacchetti, ho dato per caso un'occhiata dentro l'agenzia di viaggi *Avventurissimamente.* Ho creduto di avere le traveggole: il furfante dei miei avvistamenti si trovava all'interno, seduto dietro una scrivania!

Per un istante ho chiuso gli occhi, pensando che fosse solo un'immagine impressa sulla mia retina a causa del mio prolungato spiare. Ma a occhi chiusi non lo vedevo più, prova che quel ragazzo era reale e che la retina non c'entrava un fico secco.

Allora ho attraversato la strada con un balzo, mi sono appiattito contro il cancello di un passo carrabile e ho inforcato il binocolo.

Stavo mettendo a fuoco le lenti, che d'un tratto ho visto dall'altra parte due occhi mostruosi intenti a fissarmi. Terrorizzato, ho mollato il binocolo (tanto mi ciondolava dal collo e non c'era rischio che cadesse) e ho tentato la fuga. Solo che non ci sono riuscito, perché il ragazzo-barretta (sì, proprio lui!) mi ha bloccato il passo: la sua faccia era adesso a un millimetro dalla mia e le sue mani mi tenevano inchiodato al cancello.

«Ora mi dici cosa vuoi da me» mi ha bisbigliato all'orecchio con voce sull'infuriato andante.

Che razza di insolente manigoldo! Ma io ho ripreso

subito padronanza di me stesso e gli ho gridato: «Forse dovresti esser tu a spiegare a me cosa ci fai in quell'appartamento che non ti appartiene!».

Il gioco di parole mi è venuto per caso, ma deve averlo impaurito. Infatti si è guardato intorno allarmato, indubbiamente temendo che qualcuno mi avesse sentito. Poi mi ha afferrato per un braccio e ha sussurrato: «Vieni con me in agenzia che ne parliamo a quattr'occhi».

Così mi ha trascinato dentro l'ufficio, badando bene ad abbassare poi la saracinesca in modo che non entrasse nessuno. Mi ha fatto accomodare su una poltroncina rossa, mentre lui è tornato a sedersi alla scrivania di prima, dietro un computer acceso. Io l'ho guardato con degnazione.

«Sono curioso di sentire le tue ragioni» gli ho detto «perché poi dovrai riferirle anche alla polizia, dopo che io ti avrò denunciato».

Il ragazzo è diventato bianco come una caciotta fresca, il che era una cosa rimarchevole, vista la sua abbronzatura. Per un istante è rimasto assorto nei suoi pensieri (o forse era solo rincretinito dallo spavento). Poi si è schiarito la voce e ha detto: «Okay, lascia che ti spieghi, ragazzino».

«Mi chiamo Gerardo» ho fatto «ma tutti, tranne mio padre, mi chiamano Jerry».

«Piacere, Manuel» ha detto lui, tendendomi la mano.

Onestamente, era la prima volta che scambiavo convenevoli con un delinquente.

Poi, di punto in bianco, ha sparato: «Quell'appartamento è dei miei nonni».

III

Il patto fatale

Un bravo detective non si fa mai cogliere in contropiede. E infatti la mia risposta non è tardata ad arrivare.

«Be', anche ammesso che sia l'appartamento dei tuoi nonni, mi chiedo perché per entrarci tu non abbia suonato il campanello o eventualmente usato le chiavi. Rompere il vetro della porta del terrazzo con un vaso di gerani non mi pare un comportamento da nipote assennato».

Manuel si è passato una mano fra i capelli e ha fatto un sospiro.

«I miei nonni sono all'estero» ha spiegato «e non lascerebbero mai le chiavi di casa a me. Infatti, a dirla tutta, non mi possono granché vedere».

Viva la sincerità! L'ho pensato, ma non l'ho detto, limitandomi ad annuire con la testa. Poi per concentrarmi meglio, ho agguantato una biro dal portapenne della scrivania e me la sono cacciata in bocca.

Lui ha fatto un altro sospiro e ha spiegato la sua pietosa situazione: venticinque anni, ancora in casa coi genitori, disoccupato.

«Come disoccupato?» ho chiesto io. «E allora questa agenzia?»

«Sto solo sostituendo un amico in vacanza» ha risposto. «Pensavo di poter intascare qualcosa, ma, detto fra noi, finora clienti zero».

Ho preso a mordicchiare la biro per riflettere meglio. Non avevo ancora una panoramica chiara della faccenda, a parte il fatto che avevo di fronte un bamboccione abbronzato.

Poi lui ha cominciato a parlare di una certa Vanessa, una ragazza di gran classe che l'ha steso al primo sguardo e che lui voleva conquistare a tutti i costi. Be', non poteva essere quella coi capelli viola e il pigiama coi Puffi, ho pensato: quella aveva la classe di Marge Simpson.

«Insomma» ha proseguito «non potevo mica invitarla nel soggiorno dei miei, con mio pa' stravaccato sul divano in canottiera e mutande per il caldo. Per non parlare del bagno, col water per lo più intasato: per risparmiare acqua, mia mamma non tira la catena dello sciacquone finché non straborda».

Finalmente cominciavo a mettere a fuoco il problema. E difatti Manuel ha spiegato che da quando abitava (clandestinamente) in casa dei nonni, la ragazza aveva abboccato subito, dopo una romanticissima cena a lume di candela.

Per un attimo ho smesso di rodere la biro, spiazzato dalla logica deduzione: ebbene sì, la tipa coi capelli viola era la ragazza di gran classe!

«Certo, mi è scocciato dovermi arrampicare sulla grondaia come un ladro per arrivare al terrazzo» ha detto. «Come pure rompere il vetro della portafinestra (contrariamente a quanto credi non ho affatto l'animo del teppista). Ma il gioco ha valso la candela: per ora Vanessa fila con me e io ho finalmente una casa decente dove invitarla!»

Mi sono messo a succhiare la biro con gusto (aveva un leggero sapore di caramella gommosa).

«E Vanessa crede che quella sia casa tua...» ho detto per intuizione.

Manuel si è stretto nelle spalle.

«Ovvio, il cognome sul campanello è il mio» ha detto. «Si tratta infatti dei miei nonni paterni».

«E che succederà quando torneranno?» l'ho incalzato.

Lui non è apparso granché preoccupato.

«Staremo a vedere. Per ora sono sul Machu Picchu, in Perù, e non credo che mi possano fare improvvisate».

Se Manuel era sincero come sembrava, il caso era risolto. Perciò c'era una sola cosa da fare. Ho estratto la biro dalla bocca, l'ho ripulita con un lembo della mia t-shirt e l'ho rimessa nel portapenne. Poi ho agguantato il cellulare e ho cercato sulla mia rubrica il numero contrassegnato da una S maiuscola.

«Che stai facendo?» ha chiesto lui.

«Elementare, Watson: sto chiamando gli sbir... ehm, la polizia» ho risposto. «Ti ricordo che hai commesso un reato di effrazione e violazione "ostinata" di domicilio».

Manuel ha fatto un salto sulla sedia, come se fosse stato punto da una vespa su tutte e due le chiappe.

«Un momento, un momento, Jerry!» ha urlato.

Finora nessun criminale mi aveva mai chiamato per nome. Non che ne avessi conosciuti molti, lo ammetto (nel complesso, non più di uno). Fatto sta che sono rimasto impressionato e ho posato il cellulare sulle ginocchia.

Manuel si è appoggiato allo schienale della sedia e ha deglutito un bel groppo di saliva.

«Innanzitutto, non stiamo giocando alla pari» ha detto. «Io ho sputato il rospo, ma tu ancora no. Com'è che mi spii da giorni? Che ci trovi di così interessante in uno come me?»

Io ho intrecciato le dita sulla pancia, sporgendo le labbra in avanti (atteggiamento di sfida).

«Forse non sai che sono un detective collaudato» ho risposto «con un bel caso risolto alle spalle. I misteri mi intrigano da matti e per questo tengo d'occhio tutti quelli che mi capitano a tiro: soprattutto chi, come te, viola la legge impunemente».

Manuel si è passato un dito sotto il naso, abbassando gli occhi (atteggiamento di imbarazzo).

«D'accordo, ho fatto una cosa sbagliata» ha ammesso. «Ma mi piacerebbe farti un ritratto dei miei nonni: proprietari immobiliari (hanno più case che capelli in testa), ricchi sfondati e tirchi come pochi. E un'ultima cosa: sono attaccati a me come ai calli dei loro piedi».

Non ho potuto fare a meno di pensare ai miei nonni di Milano, morti appena un anno prima in un incidente stradale. Erano ricchi banchieri e, in tutta sincerità, non mi stavano granché simpatici.

«Ti capisco, ma questo non cambia le cose: sono comunque costretto a denunciarti. Non mi va di essere radiato dall'albo dei detective!»

Ho ripreso in mano il cellulare e lui è impallidito di nuovo, chiedendo a precipizio: «Sei iscritto all'albo dei detective?».

«Non ancora, ma lo sarò presto».

In realtà, non sapevo nemmeno se esistesse un albo ufficiale dei detective.

«Presto quando?» ha incalzato lui.

«Be', immagino, quando avrò risolto un altro grosso mistero» ho risposto. «Magari uscirà su di me un bell'articolo in prima pagina di un quotidiano nazionale».

Lui ha assunto un'aria trionfante: «Non credo proprio che denunciando me sarai elevato agli onori della cronaca! Al massimo ti citeranno in un trafiletto su un giornaluccio di quelli gratuiti: un nipote che si infiltra in casa dei nonni in vacanza non fa notizia».

Devo riconoscere che aveva ragione. Pur non volendo dargliela vinta, sono rimasto un attimo a corto di parole.

A questo punto, un lampo strano ha attraversato gli occhi di Manuel, come se fosse stato folgorato da un'idea improvvisa. Poi ha sparato una domanda che mi sembrava non c'entrasse un fico secco con la nostra discussione: «Andrai in vacanza da qualche parte nei prossimi giorni?».

«No, sono in punizione» ho replicato.

Così, gli ho raccontato quello che avevo combinato coi Nebbiai e come il babbo avesse deciso di farmela pagare, oltretutto risparmiando su una vacanza che secondo lui si prospettava troppo costosa.

Manuel però non mi ascoltava più: chino sul computer, stava digitando alla tastiera come un invasato.

D'un tratto l'ho visto agguantare il mouse e poi cliccare soddisfatto. Dopodiché ha girato il monitor verso di me e me l'ha mostrato. Sullo schermo campeggiava l'immagine di una spiaggia dorata, un mare azzurro e calmo stile laguna tropicale e un ameno isolotto su cui sorgeva un pittoresco faro.

Sotto c'era scritto, con un bel corsivo argentato: *Lido Funesto: ci vado e ci resto!*

Quando sono uscito dall'agenzia *Avventurissimamente* ero vagamente frastornato. Mi chiedevo perché fossi sceso a compromessi, accettando come un idiota la proposta del bamboccione in cambio del mio silenzio. Oltretutto, manco sapevo se al babbo sarebbe andato a genio di partire per quello strano posto dal nome poco rassicurante.

Perché lo scambio era stato proprio questo: io avevo promesso di tenere la bocca chiusa e di non chiamare la polizia, e lui mi aveva rifilato un pacchetto vacanze last-minute a un prezzo ridicolo (due settimane a Lido Funesto, in una pensioncina con colazione e cena incluse, costavano quanto una tessera da dieci ingressi alla piscina comunale!).

Ma quello che mi aveva spinto a venir meno alla mia serietà di detective professionista per patteggiare con Manuel non era stata la mia smania di vacanze, né la voglia di mare e sole. Era stata una frase, una frase sola, buttata là dal furbastro con fare sapientemente distratto, mentre indicava sul video con la freccetta del mouse il faro che spiccava sull'isolotto dell'immagine pubblicitaria di Lido Funesto. E cioè la seguente: "Pare che quel faro sia al centro di non so quale mistero".

“Mistero”: ecco la password di accesso alla volontà del sottoscritto, che il bamboccione aveva subito azzeccato.

Ovviamente avevo cominciato a fargli il terzo grado riguardo al tipo di mistero che aleggiava su quel faro. Ma lui non aveva saputo dirmi altro che si trattava per lo più di dicerie e che, come tutte le dicerie di questo mondo, sapevano molto più di leggenda che di verità.

Anche questa era stata una strategia vincente: non soddisfare la mia insanabile curiosità in merito a un enigma era come soffiare su un fuoco ardente. Perduto ormai ogni interesse per il caso “dell'appartamento di fronte”, adesso non vedevo l'ora di partire per Lido Funesto per visitare di persona il faro misterioso.

Erano queste le cose che rimuginavo mentre sceglievo un'anguria fra le tante ammucchiate sul banco del mercato di piazza delle Cure. Infatti non avevo dimenticato la commissione che dovevo sbrigare per la mamma. Il problema era che le angurie (a Firenze altrimenti dette “cocomeri”) mi sembravano come le teste di tanti bambini in una foto di classe: tutte uguali.

Non avevo voglia di perdere tempo a fare la massaia, così ne ho acchiappata una che mi ispirava fiducia, ho pagato e sono tornato a casa di corsa.

La mamma era alla finestra ad aspettarmi. Non appena mi ha visto sbucare dall'angolo della strada col cocomero sottobraccio, ha gridato: «Alla buonora! Avevo paura ti avessero rapito gli alieni...».

Ipotesi alquanto improbabile: non credo all'esistenza degli alieni. Anche perché mi intrigano solo i romanzi gialli, mentre quelli di fantascienza li reputo buoni per altri scopi (tipo: figurare su un bello scaffale in gabinetto, così quando è finita la carta igienica...).

Ma la mamma esigeva una spiegazione per il mio ritardo e non mollava: «Si può sapere dove sei stato?».

Io ho preso la palla al balzo: «Ho fatto un salto all'agenzia di viaggi *Avventurissimamente* perché avevo visto un'offerta strepitosa in vetrina».

Lei ha fatto la faccia fra lo stupefatto e lo scettico. Io allora le ho schiaffato sotto il naso il depliant che Manuel mi aveva dato: sopra era stampata la stessa foto allettante che avevo visto sul suo PC; sotto, c'era anche una tabella dei prezzi, che più stracciati non si può.

La mamma non credeva ai suoi occhi presbiti. Perciò, dopo essersi messa gli occhiali, è saltata alle sue conclusioni.

«Be', i casi sono due» ha detto. «O c'è un inghippo e questo posto non è come appare qui, o questa è davvero un'occasione unica e allora non bisogna lasciarsela sfuggire».

Così è andata difilato dal babbo, che nel frattempo era rientrato per il pranzo, e gli ha passato il depliant con le debite informazioni.

Ho sempre sospettato che mio padre, oltre a essere a volte un tantino irascibile con me (leggi: si comporta come un rottweiler affamato con un pulcino), fosse anche parecchio taccagno. Ne ho avuto la prova definitiva in quel momento. Senza neanche badare alla foto, né alla località pubblicizzata, ha deciso su due piedi che dovevamo fare le valigie, perché un'offerta così era il massimo e non ci sarebbe mai più ricapitata.

La mamma in realtà gli ha posto la sua obiezione riguardo un eventuale tranello pubblicitario.

Il babbo ha risposto che quello stesso pomeriggio sarebbe andato all'agenzia viaggi e si sarebbe accertato personalmente della questione.

Quanto a me, ero in preda allo stupore più assoluto: mi chiedevo infatti se si fosse scordato che ero in punizione e che sarei dovuto restare tutta l'estate a Firenze.

Naturalmente non se l'era scordato. Infatti ha detto: «Lo so che Gerardo è agli arresti domiciliari (testuali parole), ma pare che anche chiuso in casa riesca a rendersi inopportuno. Una nostra vicina mi ha raccontato che se ne sta in terrazza a spiare col binocolo dalla mattina alla sera».

La mamma ha scosso la testa con aria rassegnata.

Io sono rimasto in silenzio, per non sbilanciarmi. Semplicemente, mi chiedevo chi mi avesse denunciato, se la procace ballerina brasiliana o la vecchietta innocua che accudiva il bengalino del quinto piano. Forse quest'ultima, dato che, come tutti sanno, l'apparenza inganna.

Il babbo si è improvvisamente rivolto a me.

«Quindi mi spiace interrompere le tue indagini» ha concluso «ma tu partirai con noi per il mare. E guai a te se ti vedo con quel binocolo in mano!».

Io ho alzato le mani in una specie di segno di resa. Avrei perfino sventolato una bandiera bianca, se ce l'avessi avuta a portata di mano. Infatti ero contentissimo per come si era risolta la questione della mia punizione e, soprattutto, per il fatto che il babbo aveva acconsentito a partire per Lido Funesto.

Per il binocolo non c'era problema: l'avrei nascosto nel doppio fondo della mia valigia.

Dopo pranzo, mi sono fiondato in camera mia e ho acceso il computer. Dovevo assolutamente sapere qualcosa di più riguardo al mistero accennato da Manuel. Così ho digitato in un motore di ricerca le seguenti tre parole: "Lido Funesto Faro". È comparso di tutto, fuorché le notizie che mi interessavano. Per un po' ho aperto pagine e pagine, leggendo frasi insensate di blog e articoli di sconosciuti, dove si dissertava di come fossero buoni gli "spaghetti allo scoglio del faro" o di come fosse "funesto" rompere uno specchio o di quanto si soggiornasse divinamente all'*Hotel Lido Blu*.

Alla fine ho trovato queste poche righe:

Lido Funesto, località balneare della Maremma toscana, è nota per i drammatici eventi legati al guardiano del faro Nevio Quaglierini: colpito da grave depressione, nell'inverno del 1958, il Quaglierini lasciò che un battello di pescatori, durante una burrasca, colasse a picco. Infatti non aveva acceso la lampada di segnalazione. Barricatosi dentro il faro, scomparve poi in modo inspiegabile.

È bastato a mettermi i brividi!

IV

Una luce nella nebbia

L'arrivo a Lido Funesto ha fatto onore al suo nome: quando siamo scesi dall'auto, davanti alla *Pensione Ombretta*, non si vedeva a un palmo dal naso. La vista sul mare (che secondo il famoso depliant, si sarebbe dovuta godere già dall'albergo) era in realtà un panorama su una distesa di nebbia dietro la quale ci sarebbe potuta essere qualsiasi cosa (dalle nevi perenni di una catena alpina ai campi arati di una pianura autunnale).

La mamma era di umore pessimo e ripeteva al babbo che avevamo fatto un errore madornale a deciderci per quella vacanza.

A parte che la "ridente" pensioncina cadeva a pezzi come un puzzle fatto male, c'era poi la questione della spiaggia. Nessuno di noi l'aveva ancora vista (data la caligine), però ne avevamo sentito l'odore: un tanfo di alghe marce così forte che si avvicinava alla puzza di un cadavere in putrefazione.

Alla reception un tipo lungo e secco come un'acciuga ci ha consegnato le chiavi delle nostre camere, da cui ciondolavano lunghe penne nere.

Non appena le ha viste, la mamma ha fatto la faccia schifata.

«Ma che roba è questa?» ha chiesto tenendo la sua chiave a distanza fra pollice e indice.

Al che l'Acciuga, guardandola con riprovazione, ha risposto: «Penne di corvo: a Lido Funesto abbiamo una particolare attenzione per l'avifauna».

«Che sarebbe l'avifauna?» ho chiesto al babbo mentre scarpinavamo su per le scale trascinandoci dietro le valige (la *Pensione Ombretta* non disponeva di congegni futuristici come montascale o ascensori).

«Uccelli» ha spiegato lui laconico. Pur non facendo commenti, non aveva più l'espressione trionfante di chi aveva imbroccato l'occasione della sua vita.

"Uccelli", ho pensato fra me. E subito ho avuto una delle mie luminose idee.

Intanto eravamo arrivati alle nostre stanze e vale la pena spendere due parole per descriverle.

Innanzitutto, appena il babbo ha aperto la porta della camera numero 17, che corrispondeva alla "doppia matrimoniale" dei miei, gli è rimasta in mano la maniglia d'ottone. Siccome la mamma stava facendo fumo dalle orecchie, lui ha minimizzato: «Solo due viti spanate. Prendo il cacciavite dalla borsa degli attrezzi in auto e me ne occupo io».

Poi, appena varcata la soglia, la mamma ha lanciato un urlo al diapason e si è arrampicata su una sedia, dove è rimasta raggomitolata per tutta la mezz'ora successiva: vale a dire, finché il sottoscritto non è riuscito a trovare lo scarafaggio che scorrazzava sul pavimento e che l'aveva mandata in tilt. Il povero scarafaggio sembrava più impaurito di lei e mi ha fatto pena. Lo confesso, non me la sono sentita di appioppargli un pestone, né tantomeno di spedirlo giù nella tazza del cesso. Quest'ultima cosa è la versione della vicenda che ho rifilato alla mamma per tranquillizzarla.

In realtà, ho pensato che la povera bestiola aveva diritto alla vita come tutti. Inoltre, poteva tornarmi utile in chissà quale occasione. Così me lo sono cacciato in tasca e sono andato difilato nella mia stanza, la numero 13.

"Strano" ho pensato. "In ogni hotel che si rispetti non esiste una stanza numero 13".

Come è noto, infatti, questo è un numero scalognato al cubo. In ogni caso avevo già smesso di pensare alla *Pensione Ombretta* come a un hotel degno di un qualche rispetto. Del resto, dalla mia camera emanava un'atmosfera inquietante, ben rappresentata dall'armadio guardaroba. Si trattava di un orrendo cassone nero di noce massello che aveva esattamente la forma di una cassa da morto king-size messa per diritto. Oltretutto era pure traballante e difatti aveva delle calzatoie sotto le zampe a cipolla, cioè delle zeppe di legno che dovevano servire a renderlo un tantino stabile.

La cosa positiva di quella camera era invece il letto a baldacchino: d'accordo, puzzava di stantio e sembrava un catafalco mortuario, però mi piaceva un sacco l'idea di andare a letto e chiudere le tende sul resto del mondo come si fa col sipario di un teatro. Ah, ho scordato di dire che le tende in questione, montate su quattro colonne di legno a torciglione, erano talmente intarmate che sembravano crivellate dai colpi di una mitragliatrice. O forse quelli non erano affatto buchi fatti dalle tarme, ma davvero in quella camera c'era stato un regolamento di conti fra cosche mafiose o giù di lì.

Mi è anche sfiorata l'idea di cercare tracce di sangue sul pavimento. Ho trovato però solo svariati capelli e un fazzolettino di carta appallottolato sotto il lavabo del bagno, apparentemente moccioso.

Allora ho scordato la mafia e sono tornato coi piedi per terra. Innanzitutto ho estratto il povero scarafaggio di tasca e l'ho sistemato dentro il bidè, dopo aver chiuso lo scarico col tappo. Mi pareva per lui un comodo quartier generale, dal quale comunque era libero di andarsene quando voleva. In più era all'altezza delle aspettative di uno scarafaggio (leggi: lercio).

Poi ho disfatto la valigia e ho sistemato tutta la roba nell'armadio ballerino. Tutto, tranne il contenuto della valigetta da detective, che doveva restare top-secret a ogni occhio indiscreto. Perciò ho rovistato in ogni angolo della stanza alla ricerca di un nascondiglio adeguato per il mio corredo da investigatore in incognito. Ho trovato cose inquietanti, come una dentiera abbandonata nel cassetto del comodino e un sacchetto profuma biancheria, che in realtà puzzava di aglio, sotto il cuscino del letto.

Ho curiosato anche nel frigobar, che era rigorosamente vuoto, a parte un sacchetto di noccioline americane scadute da due anni. Però mi sembrava un posto troppo scontato per nasconderci qualcosa.

Alla fine ho notato che sopra il radiatore c'era una sorta di contenitore di latta con uno sportello. Ne avevo già visto uno nella vecchia casa di mia zia e sapevo che era uno scaldavivande. Ma a differenza di quello di mia zia, questo non era molto visibile, perché era verniciato di bianco come la parete. In breve, ho trasferito il contenuto della mia valigetta lì dentro. Infatti non volevo che la donna delle pulizie dell'albergo andasse a ficcanasare fra i miei strumenti del mestiere. Be', ammesso che in quella pensione ci fosse una donna delle pulizie. Da indizi assai evidenti il grande Sherlock avrebbe dedotto di no.

Comunque sia, dopo aver riposto tutte le mie cose, ho sollevato con circospezione il doppiofondo della valigia e ho tirato fuori il binocolo. Ho alitato sulle lenti e ci ho passato sopra un lembo della tenda del baldacchino del letto. Non una buona idea: le lenti erano più impolverate di prima e così ho dovuto strofinarle con la mia t-shirt.

Aperta la finestra, mi sono messo a scrutare l'orizzonte marino. Speravo almeno di poter dare un'occhiata al faro del mistero, ma, come ho già detto, c'era una nebbia che si tagliava col coltello. Un inizio assai scoraggiante per le mie indagini!

Non appena ho finito di sistemare le mie cose, ho messo il binocolo a tracolla, sono uscito dalla camera e ho bussato alla porta della stanza numero 17. Avete capito bene: mi stavo presentando ai miei col binocolo in bella mostra, malgrado il minaccioso divieto del babbo. Ma, primo, trovavo assai difficile nasconderglielo, perché immaginavo che ne avrei avuto parecchio bisogno nei giorni a venire; secondo, non vi ho già detto che avevo avuto un'idea folgorante?

Il babbo e la mamma stavano litigando alla grande e

questa è sempre un'ottima occasione per passare inosservato.

È facile riconoscere situazioni come queste, per me in genere favorevoli: lei discute tentennando la testa a ripetizione come uno di quei fantocci di cartapesta dei carri di carnevale di Viareggio; lui diventa rosso in viso e si allenta la cravatta fino a disfarsela e a usarla poi come uno scudiscio sul primo oggetto che gli capita a tiro. Esattamente la scena che mi si è prospettata quando sono entrato in camera loro: la mamma scuoteva la testa in piedi davanti alla finestra e il babbo, seduto sul letto, armeggiava con la cravatta come fosse in preda a una crisi di soffocamento.

La mamma stava dicendo: «Se tu almeno mi avessi dato ascolto e ti fossi informato prima su questo schifo di posto...».

«Ehi, aspetta!» l'ha interrotta il babbo. «La pensione fa schifo, siamo d'accordo, ma il posto neanche l'abbiamo ancora visto e tu fai subito la schizzinosa! E poi, per quello che abbiamo pagato!»

La mamma è saltata su come morsa da una tarantola.

«È questo il tuo problema!» ha gridato. «Per te conta solo il risparmio e del resto non ti frega niente! Ci avresti anche portato a pensione in galera, purché fosse gratis!»

Il babbo stava giusto per ribattere, che io, timidamente, ho detto: «Scusate, io vado un po' in giro a fare birdwatching». Poi, sbandierando il binocolo, ho aggiunto: «Con questo!».

Della serie: evviva la trasparenza!

Loro mi hanno guardato come fossi appena sceso

da Marte e io allora ho spiegato: «Vado ad ammirare l'avifauna del luogo».

La mia grandiosa idea ha funzionato. La mamma mi ha detto distrattamente di tornare in tempo per la cena e il babbo mi ha fatto un cenno con la mano, come per scacciare una zanzara molesta, che voleva dire: "Levati dai tre passi".

Esultante, mi sono precipitato giù per le scale, ho riconsegnato la chiave all'Acciuga della reception e mi sono fiondato fuori.

Uscito dal cortile della *Pensione Ombretta* (un francobollo asfaltato con un'aiuola nel mezzo e tre riquadri-parcheggio), ho imboccato il vialetto in discesa che portava alla spiaggia. A parte un cartello scrostato con sopra dipinto un dito grosso come una salsiccia e la scritta "Mare" sotto, mi sono fatto guidare dal mio fiuto, seguendo cioè la puzza di alghe marce.

Con la pioggia che c'era stata di sicuro nei giorni scorsi, il vialetto era diventato un pantano e sembrava di camminare sulla melassa, tanto la melma si appiccicava sotto la suola delle scarpe.

Finalmente, quando la puzza è diventata insopportabile, ho capito di essere arrivato alla spiaggia. Ho dedotto che fosse la spiaggia perché si affacciava su un mare grigio e cupo, che muggiva agitato come una mandria di tori.

In realtà, dell'arenile di sabbia dorata che faceva mostra di sé sul depliant di Lido Funesto non c'era traccia. Quella che vedevo era una specie di gigantesca lettiera per gatti di taglia XXL: una distesa di grossolana rena grigia, cosparsa di sassi, cartacce e altre porcherie varie.

La cosa più impressionante, però, era la battigia, trincerata dietro un cumulo di alghe verdastre dello spessore di un materasso. Sopra ci saltellavano due gabbiani, penso alla ricerca di qualche granchietto con cui banchettare.

Di fatto, se volevi farti un bagno, prima di mettere piede in mare dovevi fare penitenza e attraversare a piedi nudi quella massa viscida e schifosa (affondando probabilmente fino alle ginocchia).

Prodigi della tecnica digitale: senza dubbio la nota foto del depliant era stata ritoccata a dovere al computer! Ho immaginato i commenti della mamma non appena si fosse accorta del trucchetto. Poi li ho censurati mentalmente perché erano pieni di parolacce.

Naturalmente la cosa che mi interessava di più era il faro. Così ho inforcato il binocolo e l'ho puntato in direzione dell'isolotto che scorgevo in lontananza. Attraverso i banchi di nebbia, ho visto trasparire una vaga forma oblunga, che sorgeva sulla minuscola isola come una candelina di compleanno piantata su uno zuccotto.

Questo paragone non è casuale, perché, anche se lì per lì non mi ha destato nessuna sorpresa, la luce del faro era accesa, appunto come la fiamma di una candela.

Per diversi minuti sono rimasto assorto in quella contemplazione. Ma l'immagine era così sfocata e indistinta che dopo un po' hanno cominciato a dolermi gli occhi dallo sforzo e così ho posato il binocolo.

Ho deciso piuttosto di dare un'occhiata in giro, anche se la spiaggia pareva assai desolata. Mi sono incamminato verso una baracca di legno che sembrava una palafitta, costruita com'era su piloni di cemento piantati nella rena. Sulla baracca, verniciata di azzurro, campeggiava un'insegna al neon con scritto: "Bagno Veliero".

In effetti la striscia di spiaggia prospiciente la baracca, che dunque apparteneva al bagno, era un po' più decente, attrezzata con due docce e tre cabine dipinte a strisce bianche e blu. Soprattutto, la riva del mare era stata sgombrata dalle alghe: al loro posto figurava un casotto da bagnino, un patino con la scritta "Salvataggio" e tre pedalò disposti per traverso, a lisca di pesce. Sedie a sdraio e ombrelloni erano stati tolti di mezzo per via del maltempo. Per il resto, non un'anima in giro. Tutta vita, insomma!

La baracca però era aperta e, avvistando un cartellone di latta appeso all'entrata che mostrava un vasto assortimento di gelati, ho deciso di fare acquisti e all'occorrenza anche qualche domanda per avviare le mie indagini.

Ho salito la scaletta, che aveva un buffo corrimano di corda intervallato da nodi da marinaio, e sono entrato dentro.

Il locale era moderno e pulito, il che strideva assai con quanto finora avevo visto a Lido Funesto (leggi: *Pensione Ombretta* e spiaggia attigua). L'interno voleva assomigliare al ponte di una nave, con un pavimento di assi di legno grezzo e una specie di albero maestro (con tanto di vela arrotolata in cima) intorno al quale c'era il bancone del bar. Alle pareti, poi, erano attaccati cimeli vari: strani galleggianti di sughero a forma di sirena, conchiglie di diverse grandezze, una collezione di cavallucci marini disseccati disposti su un quadro e due remi incrociati a mo' di ossa sotto un teschio mostruoso che mi auguravo fosse finto (altrimenti avrebbe dovuto appartenere alla testa del gigante Polifemo).

Mi sono avvicinato al bancone e una signora biondo platino, intenta a sfogliare una rivista, ha alzato gli occhi verso di me.

«Salve!» le ho fatto. «Vorrei un ghiacciolo alla menta-liquirizia».

«Puoi prendertelo anche da te» mi ha detto lei indicando il congelatore accanto al bancone.

Così mi sono servito da solo e ho pagato alla cassa. Lei è tornata alla sua rivista.

Siccome fuori cominciava a piovigginare, mi sono seduto a un tavolino, ho scartato il ghiacciolo e ho cominciato a gustarlo lentamente. Per me, la situazione ideale per riflettere, visto che non sono un fumatore come Sherlock Holmes.

Purtroppo il locale era vuoto e quella donna non mi sembrava disponibile alle chiacchiere. Ma io bruciavo dalla voglia di sapere qualcosa su quel faro. Avrete infatti sicuramente capito che il ghiacciolo era solo una scusa per attaccare discorso con lei.

Mi sono guardato intorno in cerca d'ispirazione e d'un tratto mi è caduto l'occhio su una tabella prezzi affissa al muro: si trattava delle tariffe per il noleggio quotidiano di ombrelloni e lettini da spiaggia.

Ideona! Mi sono schiarito la voce e ho chiesto: «Scusi, quanto costerebbe usufruire dei servizi del bagno per due settimane?».

La biondona ha mollato la rivista e, con una velocità sorprendente, ha aggirato il bancone e mi si è piazzata di fronte. Ha esibito un sorriso esagerato, mostrando due brillantini appiccicati sugli incisivi superiori.

«Sei qui con i tuoi genitori, immagino» ha detto.

«Elementare» ho risposto «io sono ancora minorenne».

Lei ha sfoderato un altro sorriso in technicolor: «Per due settimane c'è la Tariffa Smile».

"Come altro si poteva chiamare?" ho pensato io.

Poi mi ha illustrato tutti i vantaggi della Tariffa Smile, che includeva anche l'uso quotidiano della doccia e quello bisettimanale del pedalò.

Il pedalò mi ha dato l'aggancio giusto per pilotare il discorso dove volevo io. Infatti ho chiesto: «Pensa che col pedalò si possa raggiungere l'isolotto?».

«L'Isola degli Annegati?» ha fatto lei.

Quel nome, che allora ancora ignoravo, mi ha provocato un brivido ghiacciato giù per la schiena. Ma mi sono ripreso subito e ho esclamato: «Sì, l'isola col faro!».

Per la terza volta lei ha mostrato il suo ghigno sfavillante. «Certamente» ha risposto «ma solo il pomeriggio. La mattina c'è la bassa marea e ci si può andare tranquillamente anche a piedi».

Così mi ha spiegato che una particolarità di quel tratto di litorale era proprio l'escursione delle maree: alla mattina presto, il livello del mare era talmente basso che l'isolotto, distante dalla terraferma all'incirca milletrecento metri, era raggiungibile anche a piedi. Dopo mezzogiorno, la marea cominciava ad aumentare e allora quel tratto diventava navigabile.

«Buono a sapersi» ho detto io. «Mi piacerebbe molto visitare quel faro».

Stavolta il sorriso della biondona si è trasformato in un'aperta risata.

«Non è certo un'attrazione turistica!» ha precisato. «È un rudere diroccato e quando il Comune si deciderà a buttarlo giù sarà sempre troppo tardi».

Mi ha quindi elencato tutte le cose interessanti del luogo, dalla pineta che era una riserva naturale dove era possibile vedere rare specie di uccelli (la famosa avifauna), alla sontuosa sala del Palazzo Comunale di Lido Funesto, dove ogni anno si teneva la gara di tango di fine estate, con ballerini che arrivavano da ogni parte d'Italia.

Ma a me premeva approfondire un solo argomento. Non mi tornava, infatti, la sua definizione del faro. È vero, non l'avevo ancora visto bene, ma ero sicuro di avere colto un dettaglio importante. Così, di punto in bianco, ho osservato: «Non mi pare che il faro sia un rudere: poco fa, guardando col binocolo, ho notato che la lampada era accesa».

La biondona prima ha fatto la faccia stupita e poi ha esclamato: «Non è proprio possibile! Quel faro è deserto e non funziona più da mezzo secolo!».

V

La morte in cima al faro

Davanti a un piatto di riso alla pirata la mamma è tornata improvvisamente di buonumore. La cena di quella sera, alla *Pensione Ombretta,* stava superando ogni rosea previsione. Avevamo già gustato un ottimo antipasto di frittura di mare e ora ci stavamo apprestando ad assaggiare i primi. Io ero seduto davanti a una scodella di lasagne fumanti, mentre i miei, appunto, avevano optato di nuovo per pietanze a base di pesce.

La cosa strana era che l'Acciuga della reception era comparso adesso in veste di cameriere. Non sembrava una soluzione d'emergenza, perché si destreggiava benissimo con vassoi e insalatiere in equilibrio sul braccio. Io l'ho guardato uscire dalla sala e sparire dietro una tenda.

«Ci sta che adesso vada ai fornelli» ho detto. «Non mi stupirebbe che facesse anche il cuoco».

«In ogni caso bisogna ammettere che qui sanno cucinare» ha aggiunto la mamma assai rasserenata.

Il babbo le ha posato una mano sul braccio.

«Altroché!» ha esclamato. «E se pensi alla sciocchezza che abbiamo pagato!»

La mamma gli ha lanciato un'occhiata tetra, che valeva più di mille parole. Alla luce della discussione che era scoppiata fra loro nel pomeriggio, ci voleva poco a capire che il babbo aveva avuto un'uscita infelice. Lo ha intuito perfino il sottoscritto, impegnato a muovere le mandibole intorno a un bel boccone di pasta e ragù e tutto preso a rimuginare sull'enigma del faro.

Il babbo è stato preso dalla smania di cambiare argomento. Così, senza parere, mi ha chiesto: «E com'è andata con l'avifauna? Visto niente di interessante?».

"Sì" avrei voluto rispondergli. "Ma niente che avesse ali e becco".

La mia vera risposta, invece, è stata di tutt'altro tono.

«Ho avvistato un paio di gabbiani». Dopodiché ho aggiunto: «A proposito, ci sono parecchie alghe sulla spiaggia».

Il babbo si è passato il tovagliolo sulle labbra. Immagino stesse pensando a un commento adeguato a beneficio della mamma, data la puzza di marcio che avevamo sentito al nostro arrivo.

Difatti, dopo un istante, rivolgendosi a lei, ha detto: «Perfetto, le alghe sono salutari per la linea e un vero toccasana contro la cellulite».

La mamma si è tappata la bocca con una megacucchiaiata di riso, altrimenti penso che l'avrebbe mandato a quel paese.

In quella è arrivato l'Acciuga a portarci il cestino del pane. Il babbo ne ha approfittato per chiedergli informazioni meteo.

«Pensa che sarà brutto anche domani?» gli ha domandato.

Lui ha scrutato il cielo rossastro oltre le vetrate della sala da pranzo.

«Non credo. Probabile invece che domani sia una bellissima giornata».

«Ha sentito le previsioni del tempo?» gli ha chiesto la mamma.

L'Acciuga ha scosso la testa.

«No, ma il sole è tramontato bene» ha replicato. Poi ha spiegato: «Sono stato sette anni mozzo su una nave, quindi ho una certa esperienza di come cambia il tempo sul mare».

Non appena si è allontanato, io ho bisbigliato ai miei: «Un uomo dai mille talenti. Quante altre cose saprà fa...?».

Solo che non sono riuscito a terminare la domanda. E anzi, a questo punto, vorrei chiedervi: secondo voi, "restare folgorati" vuol dire subire un'improvvisa paralisi alla lingua? Perché questo è proprio quello che mi è successo quando l'ho vista entrare: ho avvertito come una specie di blocco di tutte le funzioni vitali e non sono stato più capace di articolare parola.

Se non l'aveste capito, non sono rimasto folgorato dalla corrente, ma da una ragazza. Per cui, devo specificare, l'unico organo vitale che ha continuato a funzionare alla grande è stata la vista. Il respiro invece è rimasto a mezzo (quello che si intende quando si parla di "bellezza mozzafiato").

La sconosciuta avrà avuto forse vent'anni ed è entrata nella sala camminando fiera e con la schiena leggermente all'indietro come una top model. Vi assicuro che ho sempre reputato le top model degli insignificanti manici di scopa, ma questa tipa aveva veramente qualcosa di speciale. Non appena l'ho vista, mi è tornato in mente Manuel quando parlava della sua "ragazza di gran classe". Altro che la sua pischella dai capelli viola! Questa sì che aveva classe da vendere!

Non so come altro descriverla, se non dicendo che aveva una cascata di capelli neri lisci e lunghi fino al sedere, due occhi verde smeraldo che mandavano stelline sfavillanti come quelli di un cartone animato e mani e piedi da principessa. Non era truccata manco un po' ed era vestita semplicemente: una canotta di cotone arancio e un paio di pinocchietti bianchi. Portava infine dei deliziosi infradito, ornati da un girasole di strass, che ben s'intonavano alle unghie dei piedi laccate di giallo.

Al mio sguardo di esperto detective non è sfuggito che tutti gli occhi dei pensionanti seduti ai tavoli erano puntati su di lei. Tranne quelli dei miei genitori, ovviamente. Loro vivono su un altro pianeta e sono troppo presi a battibeccare l'uno con l'altro per accorgersi che esiste anche una varia e affascinante umanità.

Noia profonda: ora stavano di nuovo discutendo sul tempo. Il babbo sperava nella schiarita dell'indomani ed era ottimista come il cameriere; la mamma sottolineava che la bella stagione era finita e che l'autunno era alle porte.

Io ho rivolto lo sguardo e la mente altrove. Precisamente, al tavolo numero sette, dove Girasole (un buon nome in codice) si era appena seduta. Mi stavo chiedendo quando sarebbero arrivati i suoi genitori, ma poi ho notato con apprensione che il tavolo era apparecchiato per due. Ho sperato fino all'ultimo che fosse in vacanza con la madre vedova, oppure con un'amica – magari un'altra bellona stratosferica come lei.

Invece, dopo qualche minuto, è arrivato un bellimbusto con la faccia quadrata come una scatola da scarpe e il fisico di un palestrato. Portava una felpa sportiva, con una zip sul petto cui erano agganciati dei costosi occhiali da sole (cosa loffia assai).

Prima di sedersi accanto a Girasole, lui le ha dato un'energica strizzata alla spalla sinistra. E lei, invece di gridare dal dolore, ha fatto una risatina.

Porchissimo cane, era fidanzata!

Ebbene sì, anche noi detective siamo soggetti a sentimenti di basso rango come la gelosia. Nella mia mente si sono affastellati pensieri non proprio nobili. Della serie: se Faccia Quadra fosse stato travolto dall'armadio traballante di camera sua e avesse riportato qualche seria frattura, il sottoscritto avrebbe avuto via libera con Girasole. E allora... l'avrei salvata dagli scarafaggi, l'avrei sollevata in braccio per non farle calpestare le alghe in spiaggia, l'avrei portata sul pedalò in visita al faro. Insieme avremmo risolto il suo mistero!

A questo punto la mia sfrenata fantasia ha fatto una brusca inchiodata. Ho staccato gli occhi da Girasole e sono stato punto da una fitta di malinconia.

Infatti non ho potuto fare a meno di pensare che un'altra ragazza aveva risolto insieme a me il mio primo caso da vero detective. Certo, non era bella come questa, ma era stata la mia prima cotta importante, peraltro ricambiata.

Come avevo potuto scordare Tilla? Così infatti si chiamava (il suo nome per intero era Domitilla: per noi due il diminutivo era d'obbligo). Per sentirmi un po' meno Giuda, ho riflettuto che non vedevo Tilla da molto tempo. Ci scambiavamo mail e sms, ma la distanza aveva un po' logorato la nostra amicizia. Lei infatti abitava in uno sperduto paesino del Trentino ed era venuta a trovarmi solo un paio di volte a Firenze. Era dura non potersi vedere che in occasione di qualche festa comandata...

Ho fatto un sospiro e sono tornato a spiare di sottecchi la sconosciuta.

Inutile che borbottiate: spiare è il mio mestiere!

La mattina seguente sono stato destato da un'insolita sveglia: ho sentito un certo solletico al braccio destro, ho aperto gli occhi e mi sono accorto che lo scarafaggio stava passeggiando in zona gomito e dintorni. Per la prima volta mi sono rivolto a lui col nome di un grandioso personaggio letterario.

«Buongiorno, dottor Watson. Spero abbia dormito bene!»

Non so perché, ma mi è venuto di chiamarlo proprio come l'impagabile braccio destro di Sherlock Holmes. Chissà, forse perché Watson non è un genio come Holmes e può essere che qualche volta abbia pensato al suo cervello come a quello di uno scarafaggio...

Insomma, ho scostato le tende del baldacchino e ho stirato le braccia. Il dottor Watson mi è scivolato sulla mano e io ne ho approfittato per riaccompagnarlo a casa (leggi: per rimetterlo dentro il bidè). Almeno non rischiava di finire i suoi giorni sotto la mia pianta dei piedi. Quindi sono corso alla finestra e ho aperto le persiane.

Incredibile a dirsi, ma l'Acciuga ci aveva azzeccato: il sole sfolgorava in un cielo terso e privo di nubi e il mare aveva completamente cambiato colore, assumendo una bella tonalità di azzurro.

Il panorama era molto più allettante, senza contare che adesso l'Isola degli Annegati era ben visibile. Così, prima ancora di farmi la doccia, ho estratto il binocolo dallo scaldavivande e mi sono dilettato a scrutare il faro per una buona decina di minuti.

Ho potuto vedere una torre circolare di mattoncini rossastri, punteggiata da quelle che ho dedotto essere piccole finestre. La torre era sormontata dalla lanterna, cioè dalla cupoletta che ospita la lampada di segnalazione. Ho notato che intorno alla lanterna c'era un ballatoio pure circolare, da cui si doveva godere un panorama notevole del litorale. E, a proposito della lampada, questa naturalmente era spenta, essendo giorno fatto. In ogni caso mi sono chiesto se il giorno prima non avessi avuto le traveggole.

Una mezz'oretta dopo, a colazione, ho decantato ai miei i vantaggi del *Bagno Veliero*: spiaggia pulita e attrezzata, docce e pedalò. Manco a dirlo, il babbo ha trovato la Tariffa Smile scandalosamente cara e si è baldanzosamente avviato in spiaggia con uno stuoino arrotolato sottobraccio.

Tempo di dare un'occhiata alla spiaggia libera e ha fatto dietrofront. Dieci minuti dopo è andato spedito al *Bagno Veliero* brandendo la carta di credito. La mamma lo ha seguito con una strana espressione di trionfo stampata in faccia, visibile nonostante gli occhialoni da sole.

Quanto a me, avevo urgenza di sbrigare due faccende importanti: fare un salto al faro e rivedere al più presto Girasole. Per la prima faccenda, ho trasferito il contenuto della valigetta da detective dentro uno zaino impermeabile; per la seconda, ho pettinato i capelli all'indietro fissandoli col gel e ho indossato i pantaloncini nuovi col teschio alato sul sedere.

Ero già sul vialetto diretto alla spiaggia, che mi sono ricordato di aver lasciato il cellulare all'albergo. Sono tornato di corsa alla stanza numero 13, l'ho agguantato e ho salutato il dottor Watson (che stava scalando la tazza del cesso).

Confesso che ho rallentato il passo non appena mi sono ritrovato nel corridoio della pensione, dove si affacciavano le porte delle varie camere. Speravo tanto che se ne aprisse una e uscisse di lì, camminando come su una passerella, la top model dei miei sogni. Ma vattelappesca qual era la stanza di Girasole!

Mentre così pensavo, sono arrivato nella hall al pianterreno. Accorgermi che dietro il banco della reception non c'era nessuno e scavalcarlo è stato un istante. Il resto lo ha fatto il mio innato talento da ficcanaso: ho esaminato la prima cosa che mi sono trovato davanti e cioè una grande agenda che aveva l'aria di essere un registro degli ospiti della pensione.

Bingo! Alla data di due giorni prima ho trovato annotato l'arrivo di una coppia di ragazzi, con spillata sotto una fotocopia delle rispettive carte d'identità. Nelle foto ho subito riconosciuto sia Girasole che Faccia Quadra. Ho scoperto così che lei aveva diciannove anni, nonché una cosa in comune con la top model nera più famosa al mondo, e cioè l'esotico nome: si chiamava Naomi come la stupenda Campbell (lui invece era un banalissimo Lorenzo Fiaschini). Quel che più contava, alloggiavano nella camera numero 15, che era collocata esattamente fra la mia e quella dei miei genitori.

Già che c'ero, ho dato anche un'occhiata al casellario dove venivano riposte le chiavi della camere. Ho visto che la chiave della loro non era stata restituita, il che significava che erano ancora nella stanza.

Mentirei se dicessi che non ho avuto la tentazione di tornare al piano di sopra e mettermi a origliare alla loro porta. Ma poi ho pensato alla "missione faro", che mi stava aspettando, e ho lasciato l'albergo alla chetichella.

Avevo appena varcato il cancello della pensione, che ho sentito il cellulare vibrarmi in tasca (un bravo detective imposta sempre il telefonino in modalità silenziosa: il mio non suona mai, ma vibra soltanto).

Era un messaggino e leggerlo mi ha scombussolato non poco.

Ciao Jerry, cme butta? Io mi annoio 1 casino! Fammi saxe cosa fai. Tilla.

Povera Tilla! Mentre lei pensava a me, io brigavo per cuccare Naomi. Mi sono sentito un verme, ma è stato più forte di me: ho preferito non risponderle.

In spiaggia, ho avvistato i miei genitori già posizionati in prima fila su due lettini del *Bagno Veliero.* Ho agitato la mano verso di loro per salutarli e ho sforbiciato in aria con l'indice e il medio per fargli capire che sarei andato a fare una passeggiata.

Poi, col coraggio di un marine, ho attraversato la

lurida barriera di alghe e mi sono ritrovato sulla riva del mare.

La biondona del bagno mi aveva dato una dritta valida: a quell'ora della mattina, il primo tratto di mare era un'innocua piscina per poppanti che si stendeva per più di un chilometro con un livello variabile fra i venti e i quaranta centimetri di acqua. Ideale per bambini piccoli, pallosissimo per nuotatori esperti.

Non mi era mai capitato di passeggiare in mezzo al mare e devo dire che è stata un'esperienza piacevole. Era buffo camminare coi piedi a bagnomaria e vedere minuscoli pesci saettare sul fondale sabbioso, come girini in uno stagno. Più buffo ancora era vedere le onde che si infrangevano sul versante dell'isola rivolto verso l'orizzonte. Là l'acqua era evidentemente profonda e il mare tornava a essere una forza della natura. Quel giorno sembrava particolarmente mosso.

Man mano che mi avvicinavo all'Isola degli Annegati, aumentava la mia curiosità. Ma già in quella prima visita, malgrado non avessi la più pallida idea di quello che mi attendeva, ho cominciato ad avvertire una strana inquietudine.

Okay, è arrivato il momento della grande confessione: Jerry Conti è un detective in gamba, ma... leggermente fifone. Il che è piuttosto normale, considerate le situazioni in cui mi vado a cacciare. E, comunque, vorrei vedere voi al posto mio!

Insomma, ero forse a un centinaio di metri dalla meta che ho cominciato a farmi delle domande: che ci facevo tutto solo diretto verso un'isola dal nome così sinistro? Non sarebbe stato meglio tornarci in compagnia del babbo? E perché, se il faro era fuori uso, la sera prima era acceso?

Ma poi ho alzato gli occhi e ho visto il faro ergersi come una muta sentinella sopra di me. Ho calcolato che fosse alto almeno una settantina di metri: un vero grattacielo marino!

Allora la curiosità ha avuto il sopravvento. Zaino in spalla, ho accelerato il passo e, poco dopo, ho raggiunto la spiaggetta dell'isola.

Uno stormo di corvi, appollaiati sugli scogli, si è alzato improvvisamente in volo. Evidentemente il mio arrivo li aveva spaventati e se la sono filata sbattendo le ali nere e gracchiando forte. Si sa che i corvi sono considerati uccelli del malaugurio, ma io in quel momento avevo fugato ogni dubbio ed ero abbastanza tranquillo.

"Solo qualche esemplare di avifauna locale" mi sono detto.

Prima di cominciare l'ispezione del faro, mi sono seduto sulla rena a gambe incrociate e ho preso una bottiglietta d'acqua dallo zaino. Il sole batteva forte e avevo una sete bestiale. In pochi sorsi, bevendo a garganella, ho svuotato la bottiglietta. Poi ho sollevato lo sguardo verso il faro.

La lanterna della torre, investita in pieno dal sole, mi ha abbagliato per un istante. Allora mi sono schermato la fronte con la mano, dopodiché ho inforcato il mio binocolo.

D'un tratto sono stato colto da un moto di sconcerto, misto a terrore, e ho mollato il binocolo seduta stante: sul ballatoio della lanterna c'era il cadavere di un uomo con un braccio e una gamba penzoloni nel vuoto!

VI

Prigioniero sull'isola

Sono stato assalito da un concitato turbine di pensieri sull'immediato da farsi: prendere il cellulare e chiamare subito la polizia; prendere di nuovo il binocolo e osservare bene il cadavere; prendere la rincorsa e tagliare la corda, abbandonando quel luogo d'orrore!

Quest'ultima cosa era forse la più saggia da farsi, considerato che l'assassino poteva essere ancora nei paraggi, che io ero un ragazzo solo e innocuo e che non avevo nessuna arma con cui difendermi.

Ma poi mi ha preso un'altra paura e cioè che quell'uomo non fosse ancora morto, che fosse solo svenuto o ferito e che ci fosse la possibilità di salvarlo. In tal caso non prestare soccorso poteva essergli fatale.

A scuola avevo frequentato un corso di pronto intervento e avevo imparato alcune piccole cose. Tipo, che se uno ha difficoltà respiratorie è bene sbottonargli subito la camicia e sganciargli la cintura ed eventualmente praticargli una respirazione bocca a bocca.

Così, senza stare ulteriormente a rifletterci, ho agguantato lo zaino e mi sono catapultato verso l'entrata del faro, che era un varco privo di porta e circondato da una specie di zerbino di muschio.

Non appena sono entrato nella tetra costruzione, una folata di aria gelida mi ha fatto letteralmente accapponare la pelle. Dentro la torre si avvertiva una temperatura di forse dieci gradi in meno rispetto a quella esterna. L'intonaco interno era mancante in più punti e le pareti erano gonfie per l'umidità e intrise di salmastro. C'era un tanfo di muffa tale che si poteva pensare di essere chiusi in un frigo pieno di formaggio gorgonzola.

La bionda del *Bagno Veliero* non aveva sbagliato a definire il faro "un rudere diroccato"!

Nel piccolo atrio circolare si affacciavano tre porte. Ovviamente a me interessava poter salire per raggiungere la lanterna, perciò mi sono subito diretto verso la scala a chiocciola in pietra che si snodava verso l'alto accompagnata da un corrimano di metallo. Fatti tre scalini, mi sono accorto che, allontanandomi dall'entrata, le scale diventavano sempre più buie ed era un problema azzeccare i gradini senza inciampare.

Malgrado il terrore che mi attanagliava le viscere, ho avuto il sangue freddo di aprire lo zaino. Ho estratto rapidamente la torcia elettrica e l'ho rivolta verso il basso. Così ho attaccato prudentemente la "scalata".

Man mano che salivo, aumentava la paura di trovarmi a tu per tu con il killer. Istintivamente, ho stretto il binocolo che mi pendeva dal collo. Era l'unico oggetto pesante che avevo e immagino che, se tirato in un punto strategico, avrebbe potuto stendere un avversario maschio.

Va detto che la struttura della scala a chiocciola in sé è fatta per mettere strizza alla gente. Infatti non ci sono pianerottoli dove puoi fermarti a tirare fiato e l'ascesa, guardando in alto, ti sembra non debba finire mai. L'unico conforto in quella terrificante salita era incontrare ogni tanto una finestrella sulla parete che gettava uno spiraglio di luce naturale nell'oscurità. Allora sentivi più forte le strida dei gabbiani e il fragore delle onde sulla scogliera dell'altro versante dell'isola.

Per farmi animo, ho cominciato a contare sottovoce gli scalini. Arrivato al trecentoquarantaduesimo, quando pensavo di non poterne più, la scala si è bruscamente interrotta. Finalmente mi sono ritrovato all'aperto, sul terrazzo che circondava la lanterna. Per un attimo sono rimasto immobile, stringendo la ringhiera di ferro del ballatoio, in preda a una specie di vertigine.

Non era solo la tensione per quello che stavo per trovare (il cadavere, come pensavo), né la spossatezza dovuta alla fatica dell'ascesa. La vista del mare infuriato sotto di me, da quell'altezza, mi ha provocato un vero e proprio giramento di testa.

Ho spostato gli occhi in direzione della lanterna, cercando di tenerli fissi sull'enorme lampada protetta dalla cupola di vetro. Ritrovata la stabilità, ho preso a camminare adagio, tenendomi aggrappato alla ringhiera. Né potevo fare diversamente, dato che il pavimento, reso incandescente dal calore del sole, mi stava scottando le piante dei piedi, perché ero scalzo.

Mi aspettavo da un istante all'altro di incespicare con l'alluce nudo contro un corpo senza vita. O forse, chissà, non ancora senza vita...

Ho fatto tutto il giro del ballatoio, sotto un sole implacabile che mi martellava la testa come un mazzuolo rovente. Alla fine sono tornato al punto di partenza, cioè all'imboccatura delle scale. Il cadavere però era scomparso.

Il fatto era talmente strano che, anziché darmela subito a gambe, mi sono preso cinque minuti per riflettere. Com'era possibile che il corpo fosse sparito? Ormai avevo constatato che c'era solo quella scala per raggiungere la lanterna. Quindi, se dal momento in cui l'avevo avvistato, qualcuno lo avesse trascinato giù per tutte quelle scale, io non avrei potuto fare a meno di incrociarlo.

A meno che... Un pensiero agghiacciante mi ha trapassato la mente come un pugnale affilato.

E se l'assassino lo avesse scaraventato di sotto? Sarebbe precipitato in mare e, dato il fracasso delle onde, forse non avrei nemmeno udito il tonfo impressionante che può fare un corpo che cada da quell'altezza. Fra l'altro, ricordavo bene come l'uomo fosse disteso sul ventre, con un braccio e una gamba sporgenti oltre la balaustra. Forse all'omicida era bastato assestargli una pedata...

Nonostante fossi a dir poco sconvolto (e, a dirla tutta, non vedessi l'ora di darmela a gambe), ho trovato il coraggio di compiere un altro accertamento, come si richiedeva a un detective provetto.

A malincuore, ho rifatto il giro del ballatoio, affacciandomi in ogni punto e guardando in basso armato di binocolo. Naturalmente mi sono preparato al peggio, e cioè a vedere un cadavere spiaccicato, modello film splatter. Invece, a parte il solito capogiro che mi ha preso a scrutare giù da quell'altezza, non ho avvistato niente del genere.

Vincendo la mia ripugnanza a restare ancora in quel luogo inquietante, ho puntato con ostinazione il binocolo in ogni punto dell'isolotto e del tratto circostante di mare. Però, a parte scogli incrostati di patelle, onde orlate di schiuma e spinosi cespugli di cardi marini, non ho adocchiato altro.

Un'ultima accurata ispezione ravvicinata l'ho fatta alla piattaforma del ballatoio. Mi sono chinato per terra, ho estratto la lente d'ingrandimento dallo zaino e, camminando carponi, ho cercato indizi come capelli o macchie di sangue. Purtroppo non ho trovato niente, ma in compenso mi sono scottato anche i palmi delle mani.

Sollevato per questa mancanza di novità, ho guadagnato l'uscita e ho preso a scendere le scale. Ero estenuato, stordito dalle emozioni e dal sole e molto assetato. Ho cercato quindi di risparmiare energie per qualche imprevisto e ho sceso gli scalini con studiata lentezza.

Non so esattamente quanto ci abbia impiegato a completare la discesa. So però per certo che, non appena ho finalmente messo piede fuori dal faro, ho guardato istintivamente l'orologio.

Mi sono così reso conto di aver perso la nozione del tempo, dato che erano già le due passate da un quarto d'ora. Non credevo di aver fatto così tardi, considerato che il messaggio ricevuto da Tilla era stato spedito alle 10.20 e io avevo iniziato la passeggiata all'incirca una decina di minuti dopo.

Fatto sta che, arrivato sulla spiaggetta dell'isola prospiciente quella di Lido Funesto, ho avuto una bruttissima sorpresa: la marea si era alzata al punto che per me era ormai impossibile far ritorno a piedi.

«Idiota, idiota, idiota!» ho gridato scaraventando lo zaino sulla sabbia.

Come avevo potuto essere così imprevidente? Per qualche minuto ho continuato a imprecare contro me stesso, scalciando nella rena infuocata come un somaro impazzito. Un comportamento che Sherlock, con la sua flemma inglese, avrebbe disapprovato alla grande.

Poi mi sono dato una calmata. Se volevo uscire da quella situazione, dovevo far funzionare le rotelle e ragionare lucidamente.

Per prima cosa ho riposto il binocolo nella custodia e l'ho infilato nello zaino, che mi sono assicurato di nuovo sulle spalle. Poi, con determinazione, mi sono avviato verso la riva e mi sono immerso in mare. Ebbene sì, avevo intenzione di tornare a nuoto. In fondo, che problema c'era? Lo zaino era impermeabile e io sapevo nuotare (in terza elementare avevo preso il brevetto di cavalluccio marino).

Purtroppo non avevo fatto i conti con la forza della corrente. Il mare era talmente agitato che le onde mi sbattevano qua e là come fossi stato un fuscello, riportandomi puntualmente a riva. Ho annaspato per un quarto d'ora come una mosca in una pozzanghera, inghiottendo diverse boccate d'acqua. Alla quinta boccata, mi sono arreso.

Tornato alla spiaggia, mi sono rifugiato nella striscia di ombra proiettata dal faro. Se non altro quel bagno mi aveva rinfrescato! Ma il sale marino che avevo mio malgrado ingurgitato aveva aumentato la mia sete.

Ho aperto meccanicamente lo zaino in cerca della bottiglietta di acqua. Ho constatato con piacere che era davvero a tenuta stagna e che tutti gli oggetti erano rimasti asciutti. Quanto alla bottiglietta, purtroppo era vuota.

Porco cane, avevo finito l'acqua! Solo ora me ne ricordavo. Ho avvertito istantaneamente una fitta di angoscia all'altezza dello stomaco.

Ancora un volta ho cercato di riflettere. Quali possibilità avevo?

Be', la prima e la più evidente era chiamare il babbo al cellulare e farmi venire a prendere col patino di salvataggio del *Bagno Veliero*. Sarebbe stato il modo più sicuro di salvare la buccia, ma anche di dire addio alle indagini e al mistero del faro. L'omicidio sarebbe rimasto insoluto e il criminale a piede libero... Logicamente, infatti, il babbo non mi avrebbe più permesso nemmeno di avvicinarmi all'Isola degli Annegati e per il resto della vacanza sarei diventato un sorvegliato speciale.

Certo, avrei pur sempre potuto allertare gli sbi..., ehm, volevo dire, la polizia. Ma chissà se mi avrebbero creduto! E poi, detto fra noi, non mi andava di lasciare a quegli incapaci il merito della mia scoperta.

No, ci voleva un piano di riserva. Prima di trovarne uno, però, dovevo scovare dell'acqua potabile. Ero talmente tormentato dall'arsura che non solo non riuscivo più a pensare, ma neanche avevo più paura dell'assassino. Era sicuramente in qualche nascondiglio nelle vicinanze e magari mi stava spiando... Ma in quel momento, se fosse saltato fuori e mi avesse offerto un sorso di acqua, penso che l'avrei abbracciato dalla contentezza.

D'un tratto mi è tornato in mente un consiglio che avevo letto anni prima sul *Manuale del piccolo scout*: "Se ti prende la sete e con te non hai acqua, infila un sasso in bocca". Così ho raccattato un sassolino grigio e me lo sono cacciato sotto la lingua.

Poi mi sono messo in cerca di una fontana, un rubinetto, un pozzo, una pozza o di qualsiasi altra cosa che potesse erogare o contenere acqua.

Sulle prime mi sono tenuto alla larga dal faro, che mi inquietava troppo. Ho perlustrato l'isolotto, che ho percorso in tutto il suo perimetro. Era veramente piccolo (con un'estensione paragonabile a quella di piazza della Signoria a Firenze) e non c'era traccia di acqua dolce.

Non mi restava altro che entrare di nuovo nel faro. Era evidente che, al tempo in cui c'era ancora un guardiano, dovevano esserci stati una cucina e un bagno con splendidi rubinetti da cui sgorgava acqua cristallina... Va be', anche se erano delle ferraglie arrugginite e incrostate di calcare, andava bene lo stesso.

Stavo cominciando a delirare dalla sete!

A malincuore, ho rimesso piede in quella torre sinistra. Giunto nell'atrio circolare, ho ritrovato le tre porte che avevo visto in precedenza. Come immaginavo, una si apriva su una squallida cucina-soggiorno, ormai veramente fatiscente. Ho visto un acquaio di graniglia e gli ho dato l'assalto come fossi un invasato. Ho afferrato il rubinetto con tale forza che me lo sono ritrovato in mano, proprio com'era successo al babbo con la maniglia della porta della sua camera.

Con mani tremanti l'ho riavvitato all'imboccatura e l'ho aperto. È scesa una goccia, una sola, pesante e di colore rossastro. L'ho raccolta religiosamente nel palmo della mano e me la sono fatta scivolare in gola, dopo aver sputato il sassolino. Aveva un sapore disgustoso fra il dolciastro e il metallico.

Malgrado i miei reiterati tentativi, il rubinetto in seguito è rimasto asciutto, per cui mi sono fiondato verso l'altra porta: nulla di fatto, era stata una piccola camera, come testimoniato dalla testiera d'ottone di un letto ancora appesa alla parete; nessuna conduttura d'acqua, insomma.

Mi sono slanciato infine verso l'ultima porta, ritrovandomi in un bugigattolo che aveva l'aria di essere stato un gabinetto. Ma il lavandino era stato sradicato dal muro e solo la presenza di due buchi nella parete faceva intuire che un tempo lì c'erano stati due rubinetti. In preda a un'indescrivibile disperazione, ho infilato le dita nei buchi, sperando di sentire almeno un po' di umidità. Vana speranza!

Quando sono tornato in spiaggia ero esausto e più assetato di prima. Mi sono accasciato all'ombra sull'orlo di un collasso: mi sentivo la bocca secca manco fosse piena di gesso e la lingua ruvida come carta vetrata.

Ormai avevo scordato il cadavere, l'assassino e tutto il resto. La mia mente era impegnata in una sola attività: immaginare sorgenti di acqua zampillante, gelata e trasparente. Io ci tuffavo la testa sotto, a bocca aperta e con la lingua fuori, come un cane affannato.

Ero a un passo dall'avere miraggi come un assetato nel deserto… quando a un tratto…

Era forse un miraggio quello che stavo vedendo?

VII

L'enigmatico pescatore

Non ho esitato un attimo. Sono balzato in piedi e ho cominciato ad agitare le braccia, urlando con quanto fiato avevo in gola: «Aiuto!!! Aiuto!!!».

Ero terrorizzato all'idea che le mie grida fossero coperte dal rumore del mare e da quello del motore del battello. Così ho alzato ancora il volume e ho brandito lo zaino, che era color arancione fosforescente, quindi molto visibile a distanza.

Finalmente, il battello ha fatto una virata e ha puntato verso l'isola. Dopo qualche minuto, l'uomo che era al timone ha spento il motore ed è arrivato a riva pagaiando con un remo.

Con gambe malferme, mi sono diretto verso di lui, immergendomi in acqua fino alla vita.

Arrivato al battello, lui mi ha allungato una mano callosa, aiutandomi a salire. La piccola imbarcazione era ingombra da una rete e da diversi galleggianti, per cui ho intuito che l'uomo fosse un pescatore.

Senza salutare, né dare spiegazioni di sorta, ho chiesto tutto d'un botto: «Ha da bere? Sto morendo di sete!».

L'uomo ha tirato fuori una borsa frigorifera, dalla

quale ha estratto una meravigliosa bottiglia di acqua gassata.

«Bevi piano e a piccoli sorsi» mi ha raccomandato con un vocione roco.

Io ho assentito energicamente con la testa e poi ho fatto l'esatto contrario, tracannando alla disperata quell'acqua fresca e deliziosa. È stato uno dei momenti più esaltanti della mia vita: come se un angelo mi avesse portato direttamente in paradiso, sotto un tripudio scrosciante di pioggia argentata.

Per un po' sono rimasto attaccato a quella bottiglia, continuando a bere senza sosta come un dromedario del Sahara.

Il pescatore mi guardava incuriosito. Del resto, una volta placata la sete, io ho preso a fare la stessa cosa. Voglio dire, non capita tutti i giorni di vedere un tipo rude come quello con occhialoni da sole e un paio di shorts rosa indosso.

Alla fine gli ho reso la bottiglia, ormai completamente vuota, con un sorriso di gratitudine.

«Grazie infinite, mi ha salvato la vita!» ho detto.

«Prego, ma dammi del tu» ha fatto lui. Poi, tendendomi una mano, ha detto: «Piacere, Ross».

«Jerry» ho risposto, ricambiando la sua stretta (che per poco non mi ha stritolato tutte le falangi).

Ross si è frugato nella tasca degli shorts, ha tirato fuori una sigaretta e l'ha accesa. Poi se l'è cacciata all'angolo destro della bocca e ha vogato per qualche decina di metri. Infine ha riavviato il motore.

«Penso che anche tu sia diretto a Lido Funesto» ha detto.

Io ho annuito abbassando gli occhi. Ho preso a giocherellare coi lacci dello zaino, per scacciare un certo imbarazzo. Infatti non sapevo come spiegare a un estraneo il motivo per cui, appena mezz'ora prima, mi trovassi sull'isolotto nelle condizioni di un naufrago assetato.

Per fortuna lui mi ha facilitato le cose. Ha dato una tirata alla sua sigaretta, poi se l'è tolta di bocca e ha detto: «Hai fatto una bravata, vero? Scommetto che stamani sei andato a piedi fino all'isola e poi, con l'alta marea, ti sei ritrovato con l'acqua alla gola, nel vero senso del termine. Peccato che fosse acqua salata!».

A queste parole è seguita una stranissima risata, rauca e cavernosa, che non avrebbe sfigurato in bocca a un orco. Insomma, se non si fosse trattato del mio salvatore, penso che quel tipo bizzarro mi avrebbe messo addosso una certa strizza. Ma, come si sa, a volte l'apparenza inganna. È poi noto che il fumo danneggia le corde vocali – e quel Ross aveva l'aria di essere una specie di ciminiera umana.

Così ho confessato tranquillamente: «Hai ragione, è andata proprio così». Poi mi sono affrettato ad aggiungere: «Però, se possibile, vorrei che tu...».

Lui non mi ha fatto neanche finire la frase e si è portato una mano al petto: «Giuro, non dirò niente a nessuno, nemmeno ai tuoi!».

Questa sortita mi ha spiazzato non poco. Miseria, mi aveva sgamato due volte nell'arco di tre minuti! Bisognava ammettere che il rozzo pescatore era parecchio intuitivo, tanto che avrebbe potuto essere un ottimo aiuto detective. Perciò dovevo stare attento a non far trapelare la faccenda del cadavere sul faro. E difatti, sulle prime, mi sono imposto di evitare accuratamente di nominare il faro. Sennonché è stato lui a toccare spontaneamente l'argomento. E a me, naturalmente, non è parso vero!

Eravamo ormai prossimi alla riva di Lido Funesto che Ross ha detto: «Se ti posso dare un consiglio, gira al largo dall'isolotto. Corrono voci strane su quel faro».

Io mi sono sentito come un leprotto invitato a correre. Infatti ho chiesto a precipizio: «Che tipo di voci?».

«Be', voci poco rassicuranti» ha fatto lui. Poi, guardandosi il mozzicone di sigaretta fra le dita, ha aggiunto: «Ma non ti voglio spaventare, sei solo un ragazzino».

Ragazzino a chi? Mi sono sentito punto sul vivo del mio orgoglio di superdetective. Così ho risposto: «Guarda che hai di fronte a te uno che ha visto tutta la saga di *Nightmare* in blu-ray!».

Ross è esploso in un'altra delle sue terrificanti risate. Si è acceso la seconda sigaretta e ha proseguito con il suo racconto: «D'accordo, se proprio vuoi saperlo, si dice che l'isola sia infestata».

Lì per lì non ho capito.

«Infestata?» ho chiesto. «Da scarafaggi?»

Infatti avevo in mente il dottor Watson. Ma Ross, sghignazzando in modo sinistro, mi ha spiegato che non intendeva insetti, ma fantasmi. Così mi ha ripetuto la storia che avevo già letto su Internet a proposito del guardiano del faro Nevio Quaglierini, che nel lontano 1958 aveva provocato il naufragio di una barca di pescatori.

«Si dice che, nelle notti di tempesta, i fantasmi dei pescatori affogati tornino al faro a cercare il guardiano per vendicarsi. Ed ecco perché l'isolotto è ormai chiamato l'Isola "degli Annegati"».

Il discorso si faceva molto interessante.

Cercando di non tradire la mia curiosità, ho osservato: «Forse il guardiano farebbero meglio a cercarlo al cimitero, è passato più di mezzo secolo e a quest'ora sarà comunque già morto e sepolto!».

Ross si è stretto nelle spalle.

«Morto può essere, sepolto non si sa. Dopo l'accaduto scomparve infatti in modo inspiegabile e nessuno ha più avuto notizia di lui».

Il battello era arrivato a riva e Ross è saltato in acqua, invitandomi a scendere. Io, con noncuranza, sono tornato all'attacco: «Non credo ai fantasmi. Sono convinto che si tratta solo di leggende nate dalla fantasia popolare. La gente è semplicemente rimasta colpita da un fatto tragico e ci ha ricamato sopra».

Ross ha trascinato il battello sulla battigia, mettendo in evidenza certi bicipiti sull'avambraccio che sembravano arance mature.

«Forse. Ma qualcuno ha visto qualcosa...»

E qui non mi sono potuto trattenere: «Qualcuno chi?».

Ross ha sfilato la terza sigaretta dal pacchetto. Poi, accennando con quella in direzione del lungomare alla nostra destra, ha detto: «Il venditore di cocco».

Il babbo era addormentato sotto l'ombrellone del *Bagno Veliero.* Disteso sul lettino a pancia in giù, aveva una mano e un piede che ciondolavano inerti oltre il bordo. Alla mia mente sconvolta dalla recente avventura si è affacciato subito il ricordo del cadavere in cima al faro. Allora, malgrado la canicola pomeridiana, mi ha assalito un brivido ghiacciato.

In quella è arrivata la mamma in compagnia della biondona del bar. A giudicare da come chiacchieravano, erano diventate amiche per la pelle nell'arco di una mattinata.

La biondona reggeva un vassoio pieno di pizzette, tramezzini e bibite con cannuccia, che ha depositato sul tavolino dell'ombrellone dei miei. Infatti il soggiorno all'*Ombretta* prenotato dal babbo era a mezza pensione e non includeva il pranzo.

Non appena mi ha visto, la mamma mi ha fatto cenno di avvicinarmi.

«Jerry, vieni qui che ti presento Gina!» ha esclamato.

Aha, e così la bionda dal sorriso sfavillante si chiamava Gina.

Gina mi ha strizzato l'occhio: «Ma noi ci conosciamo già, vero Jerry?».

«Infatti» ho risposto.

Dopodiché ho ricordato alla mamma che ero stato io a proporre a lei e al babbo i servizi del *Bagno Veliero* e la Tariffa Smile, e che quindi la bionda non mi era faccia nuova. Poi ho agguantato una pizzetta e ho buttato lì come niente fosse: «Con questo caldo, avrei proprio voglia di una bella fetta di cocco fresco!».

Gina ha assunto un'aria leggermente stizzita.

«Mi spiace, ma non tengo frutta al bar. E l'ambulante che vende cocco passa sul lungomare solo alla mattina».

«A che ora?» ho chiesto.

«Fra le dieci e le undici» ha risposto lei.

Bene, avevo avuto l'informazione che mi serviva.

Divorata la pizzetta, ho acchiappato un tramezzino e una lattina di tè freddo. Poi ho salutato educatamente e sono tornato alla pensione. Infatti dovevo mettere ordine fra i miei pensieri e, per farlo, avevo bisogno di solitudine e di tranquillità.

Una volta in camera, ho fatto una doccia rigenerante. Confesso che, sotto il getto di acqua fredda, ho tenuto aperta la bocca con la lingua fuori proprio come avevo sognato di fare qualche ora prima quando stavo morendo di sete. In cuor mio mi sono riproposto che mai e poi mai sarei partito per un'altra missione senza una scorta abbondante di acqua.

Quindi mi sono anche ripromesso di stare attento a dove mettevo i piedi perché il dottor Watson si era spostato dal bidè alla cabina doccia e per un pelo non l'avevo schiacciato.

Ho indossato l'accappatoio e mi sono steso sul letto a baldacchino con la cannuccia del tè in bocca. Con la coda dell'occhio ho catturato la mia immagine riflessa nello specchio del vecchio armadio ballerino. Con l'accappatoio addosso e la cannuccia tra i denti apparivo come una versione aggiornata di Sherlock in vestaglia di seta e con la pipa.

Soddisfatto, ho cominciato a rimuginare su tutto quanto mi era successo. E siccome avevo bisogno di mettere le mie riflessioni nero su bianco, mi sono alzato e ho preso penna e taccuino.

D'accordo, ero una versione moderna del più grande detective inglese di fine Ottocento. Ma non così moderna da digitare al computer i miei appunti investigativi. In onore di Holmes, non avrei mai rinunciato a carta e penna (e comunque non era una penna d'oca, ma una comune biro).

Rigirandomi la cannuccia in bocca, ho buttato giù le seguenti note:

Misteri del faro (in ordine di scoperta):

1. Luce accesa nella lanterna.

2. Cadavere sul ballatoio e sua improvvisa scomparsa = Qualcuno abita segretamente nel faro?

3. Fantasmi degli Annegati = È una bufala?

Si trattava di un caso di difficilissima soluzione. Non che non fossi provvisto di intuizione: tutt'altro! Il problema, semmai, era come proseguire le indagini da solo. Perché era chiaro che, prima o poi, sarei dovuto tornare in quel faro maledetto. E il solo pensiero mi faceva venire gli strizzoni di paura...

E qui ho avuto la brillante idea che ha dato una nuova svolta alla mia avventura. Praticamente mi è bastato fare un paio di telefonate per ritrovare la mia grinta da detective e con quella la sicurezza che nessun intoppo mi avrebbe più fermato.

VIII

Nuovi arrivi

Avevo ancora il cellulare in mano, quando improvvisamente ho udito delle urla acute.

«Dottor Watson, mi faccia passare!» ho bisbigliato al mio amico scarafaggio.

Infatti, quando sono zompato giù dal letto, me lo sono ritrovato di nuovo fra i piedi. Di fronte ai miei alluci nudi, lui è rimasto un attimo interdetto, ma poi ha obbedito e ha cambiato diligentemente rotta.

In men che non si dica, sono andato a incastrarmi nell'angusto spazio che c'era fra l'armadio e il frigobar. Mi sono appiattito contro l'ingiallita carta da parati e ho incollato l'orecchio al muro.

Proprio come pensavo: le urla provenivano dalla stanza numero 15, quella di Girasole e Faccia Quadra. Gente, stavano litigando alla grande!

«Sono o non sono il tuo fidanzato?» gridava Faccia Quadra.

«Lo sei, ma questo che c'entra con la mia privacy?» gridava a sua volta Girasole.

«C'entra eccome, perché questa vacanza l'abbiamo programmata insieme e non mi va che tu sparisca senza dirmi niente!»

«Quante volte devo dirti che non sono affatto sparita? Sono andata a farmi un giro per conto mio, tutto qui!» ha urlato la bellissima Naomi.

«E allora perché non sai dirmi esattamente dove sei stata e cosa hai fatto ieri sera dopo cena?» ha strillato il tristo fidanzato.

«Sono stata a passeggio sul lungomare!» ha gridato di rimando lei. Poi, scandendo le sillabe: «Pas-seg-gio: sai cosa significa? Mandare i piedi uno avanti all'altro, così!».

Rumore di passi pesanti e poi schianto di porta sbattuta.

Indovinando che Girasole si fosse appena catapultata fuori dalla stanza, mi sono slanciato verso la maniglia della mia porta. L'idea era di uscire nel corridoio e "incontrarla per caso". Poi, magari, attaccarci discorso e offrirle una valida spalla su cui piangere.

Invece... Mi sono fermato in tempo, ricordando che ero in accappatoio (e sotto ero nudo come mamma mi ha fatto). Porcaccio cane, che sfortuna!

Non avendo altra scelta, ho acchiappato il binocolo e ho sbirciato fuori dalla finestra. Ho scorto Naomi uscire a grandi falcate dal cancello della pensione. Era la seconda volta che la vedevo e la mia prima folgorante impressione ha trovato una grandiosa conferma. Quella ragazza era davvero spettacolare anche vista da dietro. No, brutti impiccioni, non sto parlando del suo lato B. Sto parlando del suo prodigioso manto di capelli neri, che le ondeggiava compatto sulla schiena come una lucida enorme nappa di seta. Sotto la calda luce pomeridiana, quella chioma meravigliosa mandava bagliori bluastri come quelli delle penne di un corvo (ed ecco perché si parla di capelli "corvini"!).

Poi mi ha colpito il suo portamento da principessa, che la spingeva a camminare diritta e a testa alta malgrado fosse incavolata.

Estasiato, ho continuato a seguirla col binocolo, augurandomi che non scomparisse più dalla mia visuale. In parte sono stato esaudito, visto che lei, a un tratto, si è fermata proprio all'imboccatura del vialetto che portava alla spiaggia, ha estratto il cellulare di tasca e ha preso ad armeggiarci sopra. Stava chiaramente inviando un sms a qualcuno.

Che Girasole avesse un amante segreto?

Per un attimo ho meditato se vestirmi in un nanosecondo e precipitarmi fuori per raggiungerla prima che lei se ne andasse. Ma non avevo affatto voglia di staccarle gli occhi di dosso e così mi sono sporto ancor più dal davanzale della finestra, reggendo saldamente il binocolo fra le mani.

In quella ho sentito una voce piuttosto arrabbiata che diceva: «Ehi, tu, si può sapere chi stai spiando?».

Mi sono girato e ho visto uno sfocato muso spigoloso scrutarmi torvo dalla finestra accanto. Miseria, il fidanzato di Naomi! Era appunto troppo vicino perché potessi metterlo a fuoco col binocolo, per cui ho dovuto giocoforza staccare gli occhi dalle lenti.

Gli ho lanciato uno sguardo di degnazione. Poi ho risposto: «Spiare non è il termine giusto per definire il birdwatching. Infatti sto osservando l'avifauna del luogo, che poi sarebbero gli uccelli».

«Mmm» ha fatto lui non granché persuaso.

Così io, per convincerlo meglio, ho aggiunto: «Ho appena visto un rarissimo esemplare di corvo femmina, una vera meraviglia!».

Ma lui aveva già chiuso la finestra in modo piuttosto brutale.

Naturalmente io ne ho subito approfittato per puntare di nuovo il binocolo su Girasole. Solo che lei, nel frattempo, era scomparsa.

Il giorno seguente, dopo aver fatto colazione dabbasso, sono tornato nella mia stanza a lavarmi i denti. In bagno ho incrociato il mio amico scarafaggio e così gli ho detto: «Sono molto emozionato, Watson: elementare, dovrebbe arrivare a minuti!».

Pronunziata questa frase, è squillato il cellulare come per magia. Era lei! Così ho lasciato perdere spazzolino e dentifricio e mi sono fiondato giù nella hall. Giusto in tempo per assistere a un vivace scambio di battute fra lo zio Ade e l'Acciuga della reception.

Prima di capire che cosa stesse succedendo, sono corso ad abbracciare Tilla, che non vedevo da più di un anno. Lei mi è letteralmente saltata al collo, trascinandomi in giro in una sorta di balletto improvvisato. Nessuno dei due, sulle prime, ha detto una parola. Eravamo troppo felici!

Avete indovinato: il giorno prima le avevo telefonato e l'avevo invitata a Lido Funesto, confidando nella disponibilità dello zio Ade ad accompagnarla. Ai miei avevo detto che in quel posto da solo mi stavo annoiando e che avevo bisogno di compagnia. In realtà, come ormai sapete, avevo solo bisogno di una valida mano lentigginosa per risolvere il caso: quella di Tilla, appunto!

Il babbo aveva acconsentito all'idea nella misura in cui aveva ricevuto dallo zio Ade la conferma che i genitori di Tilla avrebbero pagato in contanti il suo soggiorno alla *Pensione Ombretta*. Quanto allo zio, lui era solo di passaggio e sarebbe ripartito nel primo pomeriggio.

Nessuno aveva pensato, naturalmente, a un terzo incomodo.

«No, no e no! Il cane non può stare in questa pensione!» ripeteva l'Acciuga piccato.

«Quante storie per un innocente cagnolino...» diceva lo zio. «E poi, non è mica un hotel a cinque stelle, questo! Anzi, a giudicare dallo stato in cui è, direi che certe tombe di famiglia, nel mio cimitero, hanno un aspetto assai migliore... Sa, io faccio il becchino!»

L'Acciuga ha alzato un sopracciglio, dopodiché ha detto: «Io invece faccio il receptionist e le ribadisco che un ospite cane è contrario a tutte le nostre regole».

Intanto l'oggetto della contesa, un botolo bianchiccio col muso di un porcello messo all'ingrasso, si aggirava senza guinzaglio trotterellando per la hall. Questo strano bastardello suino è il beniamino di Tilla e risponde al rassicurante nome di Morti (abbreviazione di Mortimer).

La padroncina, fra parentesi, era più incavolata dello zio. Così, sbollita l'euforia dei saluti, si è divincolata da me e ha sollevato Morti da sotto la pancia, stringendoselo al petto. Poi è andata sparata al banco della reception e ha gridato all'Acciuga: «Se la mette su questo piano, si scordi che io resti qui!».

A questo punto, temendo di perdere seduta stante il mio aiuto detective, mi sono intromesso anch'io nella questione.

«Be', Tilla,» le ho fatto con delicatezza «non era nei piani che venisse anche Morti. Voglio dire, io ho invitato te, ma non ho specificato che anche...».

Ma Tilla mi ha interrotto, saltando su come pizzicata da una tarantola.

«Che cosa intendi dire, Jerry?» mi ha sibilato.

Io ho messo su un'aria assai diplomatica e ho risposto: «Intendo dire che, visto che non possiamo cambiare le regole dell'albergo, possiamo tranquillamente affidare Morti allo zio. Così, stasera, quando ritorna a Ca' Desolo, lo riporta ai tuoi genitori, che lo accoglieranno, ehm, a braccia aperte».

Mi sembrava un'ottima soluzione al problema. Oltretutto, come ho già detto all'inizio di questa storia, non sono proprio quello che si definisce un fanatico di cani.

Ma Tilla ha avuto una reazione spropositata.

«Neanche per sogno!» ha gridato. «Se Morti non è gradito, allora ce ne andiamo tutti e due!»

Detto ciò, si è incamminata decisa verso la porta, sempre portando in collo la sua mortadella canina.

«Dove stai andando?» le ho gridato dietro sgomento.

«Al carro funebre!» ha risposto lei.

«Siamo venuti con l'auto aziendale» ha specificato lo zio.

Allora ho tentato il tutto per tutto: ho strappato Morti dalle braccia della sua padrona e l'ho posato seduta stante sul banco della reception. L'Acciuga è arretrato di due passi, con un'aria leggermente schifata.

Io gli ho mitragliato sul muso: «Ma è proprio senza cuore lei? Non le fa nemmeno un briciolo di compassione questo povero cane dall'aria di maiale smarrito?».

Siccome lui taceva, io gliel'ho messa giù dura: gli ho detto che se avessimo fatto una denuncia al WWF per ostilità nei confronti di un innocente animale, la *Pensione Ombretta* avrebbe ricevuto una diffida e forse le avrebbero anche fatto chiudere i battenti. Lo zio mi ha dato manforte, sostenendo che sapeva di un caso simile accaduto nel suo paese e che lui stesso aveva seppellito il proprietario dell'albergo incriminato, morto di crepacuore dopo il tragico fatto.

Alla fine l'Acciuga ha ceduto. Ha preteso però un bigliettone extra per Morti, insistendo poi che si facesse vedere il meno possibile in giro per la pensione.

«Che questo cane non varchi mai la soglia della sala da pranzo» ha intimato alla fine.

Risolta la diatriba, sono arrivati i miei genitori e si sono scatenati i soliti convenevoli dei saluti: esclamazioni, baci, abbracci eccetera.

La mamma è rimasta impressionata da Tilla, che ha trovato cresciuta e "imbellita". Non so se quest'ultimo si possa considerare un complimento, nel senso che se dici a uno che è imbellito, vuol dire che prima era sul brutterello andante.

Per me, però, era sempre la solita Tilla: caschetto di capelli rosso carota, spruzzata di lentiggini sul naso, sorriso con incisivi sporgenti. Niente a che vedere con Girasole, per intenderci. Ma in compenso, una ragazza che aveva personalità da vendere.

Finita la festa di accoglienza, il babbo e la mamma

hanno deciso di portare lo zio in spiaggia (tanto lui, dato il suo mestiere, all'odore di putrefazione c'è abbastanza abituato).

Io invece mi sono ritirato con Tilla nella sua stanza (la numero 21), per illustrarle il caso in tutti i dettagli. Naturalmente Morti è venuto con noi e così mi sono dovuto sorbire il suo concerto di uggiolii per mezza mattinata. Il cane porcello infatti voleva uscire a tutti i costi e alla fine, quando ha pisciato nella vasca da bagno, abbiamo anche capito perché.

Ma Tilla non si è scomposta neanche un po', perché era troppo presa a studiare i miei appunti sul notes. Era seduta a gambe incrociate sul suo letto a baldacchino e rimuginava sgranocchiando delle Pringles alla cipolla. Ho scordato di dire che la sua stanza era una replica della mia (con la differenza che il suo armadio non era ballerino come quello del sottoscritto).

«Il cadavere che hai visto...» mi ha chiesto a un certo punto «... che aspetto aveva?».

«Pensi che abbia potuto vederlo bene?» ho replicato io in tono scocciato. «Ti ricordo che io ero ancora sulla spiaggia e lui in cima a quello stramaledetto faro!»

Tilla si è limitata a rispondere con un grugnito (è proprio vero che i padroni assomigliano ai loro cani).

Io allora ho aggiunto: «Posso dire solo che era steso bocconi con un braccio e una gamba che ciondolavano nel vuoto».

Tilla ha ingollato un'altra manciata di Pringles.

«Quindi non sai se era intervenuta la rigidità cadaverica» ha osservato. «Lo zio Ade dice che la salma comincia a irrigidirsi circa tre ore dopo la morte. Magari poteva essere utile per capire da quanto tempo questo tizio era passato a miglior vita».

Io ho alzato gli occhi al cielo.

«Santi numi, Tilla!» ho esclamato. «Come vuoi che abbia potuto constatare una cosa del genere a quella distanza? Per quel che ne so, avrebbe potuto non essere ancora morto, ma agonizzante, o magari solo svenuto o anche...»

Tilla ha alzato le spalle, continuando a sgranocchiare placidamente.

Io invece sono ammutolito di botto. Improvvisamente avevo avuto un'intuizione.

IX

Lo sgambetto di Morti

Tilla se ne stava ritta, le gambe divaricate e le mani puntate sui fianchi, con indosso uno spartano costume intero stile piscina. La sua pelle era un'unica esplosione di lentiggini, che ben si mimetizzavano coi granelli di sabbia grigia tutto intorno.

«Certo che questa spiaggia fa un bello schifo» ha detto osservando il parapetto di alghe sulla riva del mare.

«Be', qualcuno sembra starci a suo agio» ho commentato io, indicando col dito avanti a noi. Morti, infatti, si era già tuffato a capofitto: non nel mare, ma proprio nel viscido cumulo di alghe. E adesso ci si stava rotolando dentro, grufolando di felicità.

È noto infatti che i maiali nelle porcherie ci sguazzano contenti.

Tilla non ha raccolto la mia provocazione, ma si è diretta spedita verso il *Bagno Veliero*, dopo aver fatto schioccare le dita. Il bastardello ha alzato il grugno e, seppure a malincuore, ha lasciato il porcile improvvisato e si è messo a trotterellare dietro alla padroncina.

Io mi sono aggregato a loro, anche se non ero del tutto tranquillo. A Lido Funesto non avevo ancora trovato cartelli che vietassero di portare cani sulla spiaggia, ma io temevo il peggio. Tipo, che magari uno sbirro in borghese ci fermasse e ci rifilasse una multa salata per via di Morti. La mia paura era che Tilla, suscettibile com'era in merito al porcello, la prendesse male e decidesse davvero di tornarsene a casa con lo zio.

Per fortuna, invece, non solo non è successo niente del genere, ma addirittura Gina, la padrona del *Veliero*, non appena ha visto Morti, si è profusa in grida di finta ammirazione.

«Oh, ma che cucciolo delizioso!» ha esclamato. «È così tenero che sembra un peluche!»

Avevo intuito che quella donna dai sorrisi esagerati fosse più falsa di una banconota del Monopoli e adesso ne avevo la prova definitiva. La biondona l'ha anche preso in collo, sebbene avesse un viluppo di alghe attorcigliato intorno alla coda a cavatappi e puzzasse più di un'aringa andata a male. Quel che più conta, Gina ha rivelato che Lido Funesto era una delle poche spiagge del litorale tirrenico aperte a tutti gli animali. Guardandosi intorno, c'era anche da capire il perché: immagino che se una mandria di cavalli avesse svuotato le budella su quell'arenile, in quel luridume totale i mucchi di cacche equine sarebbero passati del tutto inosservati.

Tilla è arrossita di piacere ai complimenti di Gina al suo cane e si è messa a raccontarle le prodezze della bestiola.

«Morti ha un fiuto sensazionale e riesce a scovare un osso sepolto sottoterra anche a tre metri di profondità».

«Confermo» è intervenuto lo zio Ade, leggermente rabbuiato. «Nel mio cimitero ha buttato all'aria più fosse lui che una ruspa impazzita».

Allora Tilla ha abilmente glissato sull'argomento, accennando a un bambinetto ricciuto che stava scavando una buca nella sabbia qualche metro più in là.

«A proposito, Ade» ha detto «perché non dai una mano a quel bambino con la paletta? In fondo scavare fosse è la tua specialità!».

«Sì, ma oggi sono in vacanza» ha obiettato lo zio.

Detto questo, si è spaparanzato su una sedia a sdraio accanto al babbo. Poi si è tolto maglietta e pantaloni, svelando uno strano costume a strisce bianche e azzurre che partiva dalle spalle, alle quali era assicurato da buffe spalline chiuse da un bottone, e terminava quasi ai polpacci.

La mamma ha fatto visibilmente finta di niente, mentre il babbo lo ha squadrato un po' perplesso, ma senza osare aprire bocca.

Io, invece, non mi sono potuto trattenere.

«Zio, dove hai trovato questo costume? Per caso nella bara di un nuotatore delle Olimpiadi del 1936?»

«Certo che no» ha risposto lui, con aria da intenditore. «È cotone genuino, mica roba acrilica, e i vermi se lo sarebbero pappato in un batter d'occhio!»

A queste parole Gina ha assunto un'aria un tantino allibita.

Mentre lo zio raccontava come avesse scovato il prezioso costume alla Fiera dell'Antiquariato di Ca' Desolo, che cade una volta l'anno il giorno dei morti, io ho lanciato distrattamente uno sguardo all'orologio: erano le undici meno un quarto e cominciavo a essere impaziente. Così ho inforcato il binocolo e l'ho puntato verso il lungomare alla nostra destra.

Ed ecco che l'ho visto arrivare, un omuncolo poco più

alto di un puntale di ombrellone (leggi: un nano) con una bandana rossa in testa e una tinozza di plastica fra le braccia. Indossava boxer pure rossi larghi come brache e sulla sua faccia abbronzata spiccava un barbone bianco che lo faceva somigliare molto al Grande Puffo.

L'ho riconosciuto perché ho indovinato subito il contenuto di quella tinozza. E poi il suo grido intermittente giungeva fievole fino al *Bagno Veliero*, portato dal vento di libeccio.

«Cocco, cocco fresco!»

Allora ho staccato gli occhi dal binocolo e ho fatto a Tilla il segnale convenuto (mi sono battuto con forza sulla spalla sinistra come per scacciare una zanzara).

Al che Tilla ha detto: «Dai, Jerry, perché non facciamo una passeggiata sul lungomare? Così anche Morti si sgranchisce le zampette!».

«Zamponi, vorrai dire» ho precisato io.

Ma lei non mi ha sentito, perché era già corsa via al galoppo col botolo alle calcagna. Dirò per inciso che quanto io sono calmo e riflessivo, tanto Tilla è dinamica e impulsiva, per cui può essere veramente definita una "ragazza d'azione". E così è presto spiegato il motivo per cui l'avevo voluta accanto a me in quella nuova avventura: lei mi supera di gran lunga in coraggio e iniziativa anche se io, eh eh, la batto in quanto a intuizione. Risultato: insieme formiamo una perfetta coppia di detective.

Il venditore di cocco era attorniato da una folla di bambini vocianti, ognuno dei quali reclamava la sua fetta stringendo in pugno una moneta da un euro. Tilla e io ci siamo messi pazientemente in fila ad attendere il nostro turno. Frattanto io stavo meditando che tipo di approccio usare con lui, così da indurlo a vuotare il sacco.

Tilla mi ha dato di gomito e mi ha bisbigliato in un orecchio: «Ma quel Ross non ti ha detto che cosa ha visto esattamente questo ometto?».

«Se me l'avesse detto non saremmo qui!» le ho bisbigliato io di rimando.

Tilla si è sfregata il naso, quasi volesse grattar via le sue lentiggini.

«Be', però è difficile farsi raccontare un'esperienza del genere da un estraneo totale» ha sussurrato. «Se gli facciamo una domanda diretta, c'è il rischio che ci mandi a quel paese seduta stante!»

«Lo so e difatti sono appunto in cerca di un'idea» ho replicato io sottovoce.

L'idea però non l'ho trovata o forse è stato il sole sfolgorante che me l'ha seccata nel cervello già sul nascere.

Fatto sta che, quando è toccato a noi, l'unica cosa che abbiamo saputo chiedere al nano barbuto è stata una fetta di cocco a testa. Purtroppo lui ci ha servito con una rapidità incredibile, schiaffandoci in mano due fette e intascando le monete in un marsupio allacciato sopra la pancia. Dopodiché ha ripreso in mano la sua tinozza e si è incamminato. Io ho anche provato a chiamarlo indietro, con la scusa di chiedergli l'ora. Lui si è voltato e mi ha risposto un po' seccato, sbirciando di sbieco l'orologio fosforescente (perfettamente funzionante) che portavo al polso. Poi si è rimesso in marcia di nuovo.

«Porco cane, se ne sta andando!» ho sibilato io.

«Cosa c'entra adesso Morti?» ha esclamato stizzita Tilla.

Come al solito aveva frainteso: pensava che stessi offendendo Morti, quando invece più che altro ce l'avevo con me stesso e con la mia inettitudine.

Ma il cane porco, forse aizzato dal fatto di essere stato chiamato in causa, ha spiccato una corsa improvvisa e insensata. Infatti si è messo a galoppare alla cieca, senza badare agli ostacoli che si frapponevano alle sue corte zampe.

Così, dopo aver travolto un castello di sabbia, attirandosi gli accidenti dei bambini che l'avevano costruito, si è cacciato fra gli stinchi del venditore di cocco, facendogli una specie di sgambetto. Questi ha barcollato per qualche secondo e poi è franato in avanti sulla battigia, lasciando andare la tinozza.

«Porcaccio cane, il mio cocco!» ha strillato imbufalito.

Stavolta l'epiteto era chiaramente indirizzato a Morti.

Con la faccia in fiamme, Tilla è corsa sulla scena del crimine, dove al posto di cadaveri c'erano fette di cocco sparse un po' dappertutto su quella laida spiaggia. Anzi, adesso, più che fette di cocco, sembravano pesci arenati.

Mentre Tilla agguantava il botolo per impedirgli di fare altri danni, io ho allungato una mano al Grande Puffo per aiutarlo a rialzarsi.

«Grazie» ha borbottato lui.

Ma poi, vedendomi in compagnia di Tilla che teneva Morti in braccio, ha fatto due più due.

«È vostro questo cane?» ha chiesto.

«Mio no di sicuro» ho detto io.

«È mio» si è affrettata a dire Tilla. «E mi scuso davvero tantissimo per quel che ha combinato».

Il venditore ha strizzato gli occhi con perfidia, tanto che adesso, più che il Grande Puffo, sembrava Gargamella: «Allora, a parte le scuse, esigo da te un risarcimento per il cocco che ho perso».

Tilla è ammutolita, ma lui si è chinato e si è messo a contare le fette ormai irrimediabilmente insabbiate. Erano trentasette!

«Mi devi trentasette euro» ha bofonchiato alla fine. «Se non li hai tu, li sborseranno i tuoi genitori».

«I miei genitori non sono qui» ha detto Tilla. «Comunque posso chiederli a un mio amico».

«E dov'è questo tuo amico?» ha chiesto lui.

«In questo momento è al *Bagno Veliero*» ha risposto Tilla.

Al che il Grande Puffo ha deciso seduta stante di marcarci stretto finché non avessimo raggiunto il bagno, che comunque era a qualche centinaio di metri da noi. Poi si è messo a sproloquiare sulla gente incosciente che portava i cani in giro senza guinzaglio e senza museruola.

Avrei potuto dargli ragione e lanciarmi in qualche elogio delle brave persone che evitano i cani per amore del quieto vivere. Però non l'ho fatto perché ero in preda a una segreta preoccupazione. Temevo infatti che, nominando l'amico che avrebbe pagato il risarcimento, Tilla avesse voluto alludere a mio padre e non allo zio Ade (che aveva già scucito all'albergo il supplemento per Morti). Se così era, potevo mettere una bella croce su quella vacanza e scordare per sempre di risolvere il giallo del faro.

X

Il piccolo impiccato

Non appena il nostro strano drappello è arrivato al *Bagno Veliero*, ho tirato un grosso sospiro di sollievo. Infatti Tilla si è messa a chiamare lo zio Ade, rivelando il proposito di mungere a lui e non a mio padre i trentasette euro dovuti.

Lo zio però non c'era. Come ci ha rivelato la mamma, era andato col babbo a fare una gita in patino, approfittando dell'arrivo dell'alta marea. Per parte sua, la mamma non ci ha chiesto il motivo per cui lo stessimo cercando, né che cosa ci facesse lì con noi, impalato come una statua di sale, il venditore di cocco. Infatti era troppo occupata a commentare le foto di una sfilata di moda su una rivista assieme alla onnipresente Gina. Al punto che Gina se l'è presa a braccetto e, chiacchierando di abiti e scarpe alla moda, se l'è portata dentro la baracca, dove immagino avesse anche qualcosa da fare al banco del bar.

A servire i vari clienti in spiaggia, portando vassoi con bibite e piantando ombrelloni dove richiesto, è rimasto un tizio che sembrava uno sceicco arabo: indossava infatti occhiali a specchio e soprattutto un velo bianco in testa, assicurato da una cordicella, che gli ricadeva fin sulle spalle. Sebbene portasse anche una canottiera arancione con su scritto "Bagnino", ho indovinato che fosse piuttosto una specie di tuttofare del *Veliero*, visto che la proprietaria mi sembrava molto più impegnata a ciarlare che a lavorare.

Il venditore di cocco si è avvicinato allo Sceicco, che evidentemente conosceva, e si è fatto portare da lui una sedia pieghevole di stoffa, di quelle tipo regista. Poi ci si è messo a sedere di schianto e, battendo di piatto le mani tozze sui braccioli, ha sentenziato: «E ora non mi muovo di qui finché questo Ade non torna, cioè finché non saltano fuori i miei trentasette euro».

Tilla lo ha rassicurato, dicendo che lo zio avrebbe sistemato tutto. Poi ha mollato per terra Morti, che dal momento dell'incidente aveva sempre tenuto stretto al petto come una borsa piena di valori. Lui per fortuna si è disteso sotto l'ombrellone, ha chiuso gli occhi porcini e si è addormentato.

Io allora ho preso il binocolo e ho scrutato verso il mare, per vedere se avvistavo il babbo e lo zio. Qualche secondo dopo, li ho scorti vicino al luogo fatale.

«Vedo il patino!» ho esclamato. «Stanno passando adesso l'Isola degli Annegati!»

L'ho detto spontaneamente e non per calcolo. L'effetto ottenuto, però, è stato stratosferico, meglio che se avessi elaborato un piano ad arte.

Alle mie parole, infatti, il Grande Puffo è sobbalzato sulla sedia, lanciando un'imprecazione che è meglio non riferire. Dopodiché ha aggiunto: «Che Dio gliela mandi buona: quello è un luogo stregato!».

Io ho fatto una finta risata che però sembrava del

tutto naturale e poi ho esclamato: «Come se le streghe esistessero!».

L'omuncolo mi ha squadrato accigliato.

«Le streghe non lo so, ma i fantasmi esistono eccome» ha detto a precipizio. «Io li ho visti!»

Al che si è intromessa pure Tilla.

«E quando?» ha chiesto.

Il Puffo ha preso a lisciarsi i peli della barba.

«Due anni fa» ha risposto. «È successo due anni fa... Mi tornano i brividi solo a pensarci!»

Poi si è zittito, stringendosi le braccia addosso come avesse davvero freddo, malgrado il sole fosse ormai allo zenit.

E qui ho avuto un lampo di genio di cui ancora mi complimento con me stesso. Vedendo infatti che il nano esitava a sputare il rospo, ho fatto un cenno allo Sceicco e gli ho chiesto di portargli una birra fresca (da mettere poi sul conto del babbo).

Il venditore di cocco ha apprezzato il pensiero e, sorseggiando la birra dalla lattina, ha finalmente attaccato a raccontare la sua storia. È risaputo, infatti, che l'alcol fa diventare tutti più chiacchieroni ed espansivi.

«Era un pomeriggio d'inverno e c'era bonaccia: il mare era piatto come una tavola, per cui ho deciso di fare un giretto in canoa. Sono un discreto canoista, sapete, e in gioventù ho partecipato perfino ai campionati regionali». Qui si è interrotto, quasi volesse friggerci a fuoco lento. Poi ha ripreso: «Insomma, mi sono messo in mare tranquillo, vogando di gran lena. Forse con troppa lena, se a un certo punto mi ha preso un crampo all'avambraccio destro. Poiché in quel momento mi trovavo a passare nei pressi dell'isola, anziché lasciarmi portare alla deriva dalla corrente, ho preferito fare una sosta lì per riposarmi... Che errore madornale!».

Il venditore ha smesso di parlare e ha alzato gli occhi verso il lontano isolotto.

Tilla lo ha incoraggiato a proseguire.

«Be', vada avanti!» gli ha detto.

Lui ha inghiottito un bel malloppo di saliva e ha buttato giù un altro sorso di birra. Poi ha ripreso.

«Ho tirato in secco la canoa e sono arrivato sulla spiaggia, massaggiandomi il braccio dolorante. Ci tengo a precisare che l'isola mi è apparsa fin da subito deserta, a parte uno stormo di corvi annidato sugli scogli: ho fatto un giretto tutto intorno e non ho incontrato essere umano. Poi ho deciso di dare un'occhiata al faro, che non avevo mai avuto modo di visitare. Perciò sono entrato e ho sbirciato in ogni stanza. Prendendomela comoda, sono addirittura salito fino in cima. Da lassù ho notato che il tempo stava cambiando rapidamente: nuvole nere si stavano addensando in cielo e il mare stava cominciando ad agitarsi. In più stava scendendo il precoce crepuscolo invernale. Ho pensato che era ora di levare le tende, per cui sono sceso rapidamente dabbasso. Sono tornato alla canoa e ho preso a spingerla verso il mare, contento che il crampo fosse passato. Ma poi mi sono ricordato di aver lasciato la pagaia a riva e quindi sono tornato a prenderla. È stato allora che li ho visti...»

«Chi?» abbiamo chiesto in coro Tilla e io.

«I Fantasmi degli Annegati!» ha quasi gridato lui.

«Una folla di individui pallidi e cenciosi, venuti dal nulla!»

«Come dal nulla?» l'ho incalzato io. «Non potevano essere arrivati dal mare?»

«E con quale imbarcazione? Non c'era traccia di navi o battelli intorno all'isola. E comunque, li avrei sentiti arrivare. Ma loro mi sono apparsi alle spalle, nel silenzio più totale».

«Magari erano arrivati a nuoto» ha ipotizzato Tilla.

«Impossibile» ha escluso lui. «I loro abiti erano asciutti e poi c'è un altro dettaglio...»

«Quale?» abbiamo di nuovo chiesto Tilla e io all'unisono.

«Nella semioscurità ho visto che reggevano in mano delle specie di lumini e sarei pronto a scommettere che erano candele accese: non è dunque possibile che fossero appena usciti dall'acqua!»

Proprio un bel mistero! Avevo bisogno di riflettere. Così ho raccattato dalla spiaggia la palettina di un gelato e ci ho sputato sopra, per disinfettarla. Poi me la sono cacciata in bocca per rimuginare meglio.

Lui ha finito il racconto tutto d'un fiato, come volesse sbarazzarsi di quel ricordo il prima possibile.

«Ho acchiappato la pagaia, sono saltato sulla canoa e ho cominciato a vogare come un disperato: credo di essere arrivato a Lido Funesto in soli dieci minuti, battendo ogni mio precedente record!»

Qui ho sputato la palettina, che sapeva vagamente di catrame.

«E gli Annegati?» ho chiesto. «Che ne è stato di loro?»

«Che vuoi che ne sappia!» ha esclamato lui. «Non mi sono certo voltato a guardare quel che facessero e se avessero davvero scovato il vecchio guardiano per linciarlo. Del resto, ho osato alzare lo sguardo verso il faro solo una volta arrivato a Lido Funesto. E allora ho notato una cosa strana...»

«Che cosa?» abbiamo gridato noi, in perfetta sintonia, per la terza volta.

«La lanterna era accesa e sfavillava nel cielo tempestoso».

Nel tardo pomeriggio lo zio Ade ci ha salutati ed è risalito sul carro funebre, diretto a casa. Tilla e io abbiamo deciso di fare un salto nella pineta-riserva naturale e intanto, strada facendo, di discutere delle ultime novità del caso.

Naturalmente sarebbe stato più comodo organizzare un meeting nella mia stanza, tranquillamente seduti e al riparo da orecchie indiscrete, ma il salume ambulante (leggi: Morti) doveva essere portato fuori ogni due per tre, perché aveva la vescica debole: c'era quindi il rischio che innaffiasse le colonne del letto a baldacchino scambiandole per alberi. In più, non mi andava che mettesse fine ai giorni del dottor Watson con un pestone.

Perlomeno stavolta Tilla portava Morti al guinzaglio per scongiurare un altro guaio come quello successo in spiaggia quella mattina. Anche se, a ben vedere, in fondo il botoletto ci aveva fatto un grosso piacere, in quanto era grazie a lui che il venditore di cocco aveva "cantato" (come si dice nel gergo della malavita). Tanto più che lo zio Ade aveva pagato il risarcimento senza battere ciglio, aggiungendo alla cifra stabilita pure una mancia di dieci euro per il disturbo arrecato. Il Grande Puffo se n'era andato via col marsupio bello gonfio, fischiettando e ormai dimentico dei fantasmi dell'isola.

A proposito di fantasmi, Tilla e io stavamo giusto discorrendo di questo argomento mentre attraversavamo il viale per entrare nella pineta. Io infatti ho detto: «Quello che non mi quadra nel racconto del nano è il ritratto che ha fatto dei Fantasmi degli Annegati...».

«Be', non è che li abbia descritti granché» mi ha interrotto Tilla, fermandosi all'ennesimo albero per far pisciare il cane.

Io allora ho obiettato: «Vero, ma io lo spettro di uno affogato in mare me lo immagino gocciolante, anzi, bagnato fradicio. Lui invece ci ha assicurato che quegli individui erano asciutti!».

Tilla ha dato uno strattone al guinzaglio e mi ha scoccato un'occhiata di ammirazione.

«Molto perspicace, Sherlock» ha detto. «Io non ci sarei arrivata!»

Io ho continuato.

«E che senso avrebbero le candele accese in mano? Se non sbaglio, il naufragio del peschereccio accadde nel 1958, un'epoca in cui mi risulta fossero già state inventate le torce a batterie».

Tilla è scoppiata a ridere, battendosi le mani sulle cosce.

«Sei davvero la logica in persona, Jerry!» ha osservato. «Però devi ammettere che gli spiriti preferiscono mettere strizza alla gente con mezzi antiquati: tipo le candele, appunto!»

Frattanto ci eravamo ormai inoltrati nella pineta e avevamo imboccato un sentiero scosceso, tappezzato di aghi di pino, di ciottoli e di pinoli sparsi. Ci è bastato fare pochi passi per capire che quello non era certo il tipo di pineta marittima con panchine e campetto giochi per bambini!

Al contrario: era una boscaglia buia, fitta e a tratti impenetrabile. Non c'erano piste spaziose, né per biciclette, né per pedoni, per cui in giro non si vedeva anima viva. Uno strano silenzio aleggiava su quel posto desolato e perfino il frinire delle cicale sembrava attenuato.

In compenso, si sentiva il lugubre e prolungato verso di un uccello sconosciuto, che doveva essere appollaiato su qualche pino sopra le nostre teste. Con tutto il rispetto per i rari esemplari dell'avifauna locale, avrei giurato potesse essere un gufaccio del malaugurio che ci ammoniva di non avventurarci oltre.

L'atmosfera non era granché piacevole e, forse per quello o per il fatto che stavamo giusto parlando di fantasmi, a me è venuta una certa fifa.

Così, con noncuranza, ho detto a Tilla: «Che ne dici se torniamo indietro? Sto cominciando ad avere un po' di fame e vorrei far merenda».

Lo so: era una scusa sul pietoso andante. Ma se avessi detto la verità, e cioè che me la stavo facendo addosso dalla paura, non credo che Tilla sarebbe stata comprensiva. Per spaventare lei, infatti, ci vuole ben altro.

Alla mia proposta, Tilla ha fatto un saltello per aria: «Merenda? Quale spuntino più sfizioso di tutti questi pinoli? Dai, mettiamoci a raccoglierli!».

Detto fatto, ha cominciato a scorrazzare qua e là, raccattando pinoli a manciate e cacciandoseli in tasca. Non osando protestare, ho preso a seguirla, guardandomi intorno con circospezione.

Nella mente, intanto, rimuginavo terrori di vario tipo: il terrore che venissimo assaliti da qualche maniaco (eravamo pur sempre due ragazzini soli in quella terra di nessuno); il terrore di incappare in un serpente velenoso (avevamo gli infradito ai piedi e i ciottoli sono i nascondigli preferiti delle vipere); e sì, infine, anche il terrore di scontrarsi con qualche pallido fantasma di pescatore annegato che aveva perso l'orientamento e si era smarrito in quella cupa pineta.

Certo, mai mi sarei aspettato di incappare in quello che, procedendo nel nostro folle cammino, abbiamo visto all'improvviso ciondolare a una certa distanza da un ramo contorto di pino: il cadavere di un bambino!

XI

La voce misteriosa

«Diamocela a gambe!» ho urlato io.

«Andiamo a vedere!» ha urlato Tilla.

Ecco quella che si chiama "divergenza di opinioni"!

Di fatto, io, preso dal panico, ho voltato la schiena per risalire il sentiero a ritroso. Ne avevo abbastanza di cadaveri all'aria aperta... Per quel che mi riguardava, avevo già esaurito la mia scorta di coraggio quando si era trattato di salire in cima al faro a dare un'occhiata al corpo sul ballatoio.

Se non fosse che, nello scompiglio del momento, sono inciampato di brutto nel guinzaglio teso di Morti e sono finito col sedere per terra.

Tilla allora ha mollato il cane e si è precipitata come un'ossessa verso l'impiccato, che aveva tutta l'aria di un neonato e penzolava forse a una cinquantina di metri di distanza da noi. Dalla mia postazione al suolo l'ho vista correre verso il pino, fermarsi interdetta a qualche passo dal ramo, agguantare il povero morticino per le gambe e strattonarlo finché non è franato giù come una pigna marcia.

«Miseriaccia, Tilla, ma sei impazzita?» le ho gridato con una strana voce strozzata.

La mia impavida compagna ha fatto una risata squillante. «Niente paura, Jerry, è una bufala!» ha gridato di rimando.

«Una che?» ho urlato di nuovo.

Per tutta risposta, Tilla ha raccattato da terra il piccolo impiccato e si è messa ad agitarlo per aria, facendomi nel contempo segno di raggiungerla seduta stante.

Io ho fatto l'atto di rialzarmi in piedi e solo allora mi sono accorto che, senza rendermene conto, me ne stavo abbarbicato a Morti come un koala all'albero. Gli scherzi che può giocare la paura!

Insomma, ho raggiunto Tilla con le gambe a dir poco tremanti. Ma poi, vedendo quel che aveva in mano, ho tirato un sospiro di sollievo: si trattava di un bambolotto!

Era un antiquato bambolotto di plastica con occhi azzurri spalancati, cuffietta di lana in testa e tutina da poppante addosso, completa di finestrella sul sedere.

«Vorrei proprio sapere chi si diverte a giocare questi brutti scherzi...» ha mormorato Tilla. «Da dove ci trovavamo e in questa penombra sembrava davvero il corpicino di un bimbo!»

Io ho aggrottato la fronte. «Potrebbe anche non essere uno scherzo macabro» ho ipotizzato. «Potrebbe essere un segnale!»

Tilla mi ha tirato un'occhiata interrogativa: «Un segnale?».

Ho raccolto un ago di pino e ho cominciato a succhiarlo pensoso.

«Sì, potrebbe darsi che, esattamente in questo

punto, in corrispondenza di questo pino, qualcuno abbia lasciato un messaggio per qualcun altro. E siccome i pini di una pineta sono tutti uguali, per indicare proprio questo albero, ha appeso la bambola come contrassegno».

Tilla mi ha assestato uno spintone di ammirazione.

«Wow, Jerry, sei davvero una potenza!» ha esclamato.

Io mi sono sentito avvampare di orgoglio. Quindi, per fare sfoggio del mio acume, ho preso a tastare il tronco del pino, infilando le dita sotto la corteccia. Ero convinto che avrei scovato un biglietto, magari accartocciato dentro un buco, come in una specie di caccia al tesoro. Siccome però non è saltato fuori niente, mi sono chinato e ho cominciato a scavare freneticamente con le mani intorno alle radici dell'albero.

Tilla allora ha posato per terra il bambolotto, che teneva ancora in braccio come un bimbo in fasce. Poi mi ha imitato, buttando all'aria il terriccio alla base del pino, dalla parte opposta alla mia.

Morti si è messo a guardarci perplesso, con la testa reclinata da una parte.

Al che ho dovuto per forza dire il mio parere.

«Chissà come mai, adesso che ci servirebbe, il campione degli scavi cimiteriali non ci dà una zampa!»

«Forse perché non stiamo cercando un osso» ha ribattuto acida la padroncina.

L'interessato si è limitato a fare uno sbadiglio, socchiudendo placido gli occhi.

Dopo circa mezz'ora avevamo le unghie nere come quelle di una talpa e non avevamo ancora trovato niente.

Io mi sono strofinato le mani ai calzoni e mi sono rialzato.

«Be', evidentemente non sono la potenza che dicevi» ho mormorato. «Infatti mi sono sbagliato».

Tilla allora è balzata in piedi e mi ha guardato fisso negli occhi, esclamando: «Per me lo sei eccome!».

E qui mi ha fatto uno strano sorriso che mi ha messo in subbuglio. Il cuore ha preso a battermi a mille, ma, una volta tanto, non per il terrore. Ho pensato che anch'io provavo una profonda ammirazione per il coraggio di Tilla, benché non osassi dirglielo (infatti sarebbe stato come accusare me stesso di fifoneria!).

Insomma, mi ha preso una voglia improvvisa di abbracciarla. In fondo, ci trovavamo tutti soli in un luogo orrido, ma proprio per questo anche romantico.

Credo che pure lei abbia avuto lo stesso impulso, perché continuava a guardarmi senza dire niente, come in attesa che io facessi qualcosa.

Anche se non vi riguarda affatto, vi posso assicurare che avevo già sputato l'ago di pino che avevo in bocca e che stavo sollevando le braccia verso di lei, quando, a un tratto, abbiamo udito alle nostre spalle una voce metallica che gracchiava: «Pappa a ora di nanna martedì prossimo al nido dei cra-cra!».

Tilla e io siamo rimasti immobili e all'erta, come due sentinelle di pietra.

Chi aveva parlato? Intorno a noi c'erano solo alberi e qualche uccello invisibile, che, dal fitto della chioma dei pini, faceva sentire il suo richiamo in altro modo.

C'era, ovviamente, anche Morti, che però, fino

a prova contraria, non aveva ancora imparato il linguaggio umano.

Giusto lui: dopo un interminabile istante di panico paralizzante, ho girato lentamente la testa di lato e l'ho visto sdraiato per terra. Si era appisolato col bambolotto sotto la testa, come fosse un comodo cuscino.

In quel momento ho avuto una delle mie folgorazioni.

Scordando ogni paura, ho smesso di fare la bella statuina e mi sono diretto a passo deciso verso Morti. Poi, con un rapido gesto, gli ho sottratto il bambolotto da sotto il muso.

«Che stai facendo?» mi ha bisbigliato Tilla con fare circospetto.

Credo stesse ancora pensando che la voce che avevamo sentito appartenesse a qualche malintenzionato nascosto nei paraggi che ci stava spiando.

«Solo un controllo» ho risposto io.

Dopodiché ho premuto forte la schiena del bambolotto, proprio come aveva fatto inavvertitamente Morti crollandoci sopra col testone suino.

Dal bambolotto è uscita di nuovo la voce metallica, che ha ripetuto la stessa frase: «Pappa a ora di nanna martedì prossimo al nido dei cra-cra!».

Tilla ha sgranato gli occhi.

«Un bambolotto parlante!» ha esclamato.

«Già. Di sicuro contiene un nastro registrato dentro la schiena».

Tilla ha cercato di togliermelo di mano.

«Spogliamolo e diamoci un'occhiata» ha proposto.

«Neanche per sogno» ho replicato io. «Anzi, a questo

punto la cosa più saggia da fare è riappenderlo all'albero come stava prima e cancellare tutte le tracce di scavo intorno al pino».

Tilla mi ha guardato confusa.

«Ma perché?» ha chiesto.

Io le ho fatto un chiaro cenno che le avrei spiegato tutto dopo. Ora dovevamo solo sbrigarci e rimettere tutto quanto come l'avevamo trovato al nostro arrivo. Infatti mi era presa l'ansia che, da un minuto all'altro, potesse comparire quel qualcuno a cui era destinato il bambolotto con gli annessi e connessi. Perciò non volevo attirare dei sospetti su di noi.

Tilla si è limitata ad annuire con la testa, dopodiché ha agguantato il ramo del pino e ci ha riannodato la corda il cui cappio era ancora intorno al collo del bambolotto.

Io, intanto, lavorando coi piedi, ho spianato il terriccio alla base dell'albero.

Poi, in quattro e quattr'otto, ci siamo rimessi in marcia sulla via del ritorno.

Io mi sono messo a fischiettare tranquillamente, riprendendo a raccogliere pinoli come nulla fosse. Tilla mi ha dato manforte, aiutandomi nella ricerca e indicandomi via via le pigne aperte che ne contenevano ancora qualcuno.

A un certo punto mi si è avvicinata e mi ha soffiato nell'orecchio: «Scusa, ma continuo a non capire...».

Io allora, porgendole un pinolo, le ho sussurrato: «Dobbiamo far finta di nulla, nel caso arrivi all'improvviso la persona a cui è diretto il messaggio!».

Tilla ha fatto la faccia perplessa, poi mi ha bisbigliato di nuovo: «Che messaggio? Non mi sembra che abbiamo trovato niente!».

Ho agguantato un sasso e ho schiacciato un pinolo, mangiandolo con gusto. Poi, con noncuranza, le ho scostato un ciuffo di capelli dall'orecchio e ci ho soffiato dentro.

«La frase che ha detto il bambolotto: non è certo quella originale del giocattolo, ma è un messaggio in codice inserito da qualcuno!»

Tilla ha mollato un fischio di ammirazione.

«E tu l'hai già decifrato?» ha chiesto sempre sottovoce e osservandosi intorno guardinga.

«Grossomodo sì» ho risposto io.

Eravamo ormai alla fine del sentiero, cioè nel punto in cui la pineta terminava in un recinto a palizzata e cedeva il passo al viale.

L'atmosfera sinistra della cupa boscaglia si stava dissolvendo: i raggi del sole tardo pomeridiano cominciavano a penetrare fra gli alberi ormai radi e arrivavano alle orecchie i rumori delle macchine che sfrecciavano in strada.

Da una parte mi sono sentito sollevato di poter riaffiorare allo spazio aperto, quello della quotidiana normalità, in cui certe agghiaccianti sorprese erano assai rare. Dall'altra, però, ho percepito che il momento magico che Tilla e io avevamo vissuto poco prima in pineta era ormai svanito come un banco di nebbia mattutina in una giornata estiva.

Finalmente, arrivati al cancello della palizzata, abbiamo ripreso a parlare normalmente.

«Ora mi devi assolutamente rivelare il significato del

messaggio!» ha detto Tilla dando uno strattone a Morti, che non la finiva più di innaffiare alberi e arbusti.

Io le ho puntato contro l'indice.

«Be', forse ci arrivi anche tu, se consideri che è una frase costruita sul linguaggio dei bambini, visto che è stata messa in bocca a un bambolotto!»

Tilla ha guardato per aria, sbattendo lentamente le palpebre, come fosse assorta nella soluzione dell'enigma. Poi ha scosso la testa.

«Mi spiace, Sherlock, ma gli indovinelli non fanno per me!» ha detto alzando le spalle.

Allora io ho svelato l'arcano, o almeno quello che pensavo di averne capito: a mio parere, il prossimo martedì, il 25 agosto, in tarda serata (ora di nanna), si teneva una cena (pappa) da qualche parte. Perché un invito del genere fosse stato diramato in un linguaggio cifrato era per me ancora un mistero.

«Forse vado errato» ho aggiunto «ma il "nido dei cra-cra" potrebbe essere la scogliera dei corvi: è l'unico posto nei dintorni dove io ne abbia visti a decine».

«E dove si trova?» ha chiesto Tilla.

La risposta richiedeva discrezione, quindi ho abbassato di nuovo la voce.

«Sull'Isola degli Annegati».

«Il mistero si infittisce» ha commentato Tilla.

Io le ho dato ragione e, nel frattempo, immerso nei miei pensieri, ho preso ad attraversare il viale. Siccome stava arrivando una macchina e manco l'avevo notata, Tilla mi ha acchiappato per un braccio e mi ha tirato prontamente indietro: «Mamma mia, ti avevo quasi visto spalmato sull'asfalto!».

Io ho fatto un risolino, perché in effetti il rischio non era stato così grande, in quanto la macchina non viaggiava ad alta velocità e avrebbe avuto tutto il tempo di frenare. In ogni caso, questo ha dato a Tilla il pretesto di restare attaccata al mio braccio e di far scivolare la sua mano dentro la mia.

Così, mano nella mano, abbiamo attraversato il viale in silenzio. Giusto in tempo per incrociare una ragazza stupenda, dai lunghi capelli neri, che stava attraversando nella direzione opposta.

Come ipnotizzato, mi sono voltato a osservarla varcare il cancello della palizzata ed entrare nella pineta.

Girasole, proprio lei, è stata inghiottita dal fitto del bosco.

Improvvisamente ho provato una stretta micidiale al cuore, come quando si sa di aver perduto qualcosa di prezioso che sarà difficile ritrovare.

Allora ho lasciato andare la mano di Tilla.

XII

La faccia ghignante

Rientrato nella mia stanza, ho aggiornato gli appunti del caso sul taccuino. Così, sotto il titolo *Misteri del faro* ho aggiunto altri due punti:

4. Il venditore di cocco (testimone): un gruppo di gente con candele accese = "Fantasmi degli Annegati".

5. Messaggio bambolotto parlante: "Pappa a ora di nanna martedì prossimo al nido dei cra-cra!" = "Martedì 25 agosto cena in tarda serata sull'isolotto!"

Poi mi sono steso sul letto a meditare con la biro fra i denti. Tutte le annotazioni fatte facevano ormai supporre che l'isola, o meglio il faro, fosse tutt'altro che abbandonato: benché da tempo fuori uso, esso pareva frequentato da diverse persone. Non credevo infatti alla teoria dei fantasmi sostenuta dal Grande Puffo, anche perché personalmente, nella mia precedente avventura al cimitero dello zio Ade, avevo avuto prova che gli spettri esistono solo nella nostra immaginazione.

Lo scopo per cui queste persone si ritrovassero nel faro era ignoto. Infatti, se veramente il messaggio del bambolotto era solo un invito a cena, non si capiva il motivo di tanta segretezza – a meno che quella cena non prevedesse qualche cosa di illecito.

Spazientito di non riuscire a procedere oltre nella soluzione del mistero, ho fatto una sbuffata, sputando la biro sul letto. Per un pelo non ho centrato il povero dottor Watson, che stava passeggiando sulla trapunta.

«Ha già cenato, dottor Watson?» gli ho chiesto distrattamente.

Lui, naturalmente, non mi ha risposto, per cui mi sono ritrovato a chiedermi che razza di cibo mangiassero gli scarafaggi. Così ho formulato questo pensiero: "Be', probabilmente non quello che mangiamo noi. Infatti le cene non sono uguali per tutti".

Mezzo secondo dopo, ho dedotto che forse, tutto sommato, la "pappa" del messaggio del bambolotto poteva anche non significare "cena", ma qualcos'altro. Qualcosa che forse né io, né il dottor Watson avremmo trovato di nostro gusto, ma che magari avrebbe "saziato" altre persone.

Qui mi sono bloccato, perché, a proposito di cena, cominciavo a sentire un certo languorino. Così mi sono stirato le braccia e mi sono alzato dal letto, dando un'occhiata all'orologio. Tilla e io ci eravamo dati appuntamento di lì a dieci minuti sulle scale, per raggiungere insieme la sala da pranzo.

Ma in quel preciso momento ho sentito voci conosciute urlare da dietro la parete. Faccia Quadra e Girasole stavano litigando di nuovo! Inutile dire che mi sono subito messo a origliare.

«Ti ho detto che non vengo!» gridava Faccia Quadra in tono rabbioso.

«Ma perché? Non hai fame?» ha chiesto Girasole con fare conciliante.

«Certo che ho fame e infatti, invece di mangiare qui in pensione, andrò in una bella pizzeria» ha risposto lui.

«Vorresti farmi cenare da sola?» ha chiesto di nuovo lei con voce quasi supplichevole.

«Be', non mi sembra la fine del mondo,» ha ribattuto lui «considerato che io sono stato solo tutto il pomeriggio, quando tu eri a fare la tua passeggiata».

Quest'ultima parola l'ha detta scandendo bene le sillabe, in modo chiaramente canzonatorio.

Dopodiché ho sentito passi pesanti e poi la solita porta sbattere con fragore una prima e una seconda volta: Naomi voleva forse fermare il suo fidanzato in fuga?

Stavolta non ero in accappatoio, quindi ho preso la palla al balzo e mi sono catapultato fuori dalla camera. Avevo preso un tale slancio che, senza volere, sono andato a scontrarmi proprio con la ragazza dei miei sogni, che stava correndo nella direzione opposta. Praticamente le sono franato addosso, con un effetto a dir poco stupefacente.

Difficile dire quello che ho provato quando mi sono ritrovato sul pavimento del corridoio aggrovigliato a quella creatura favolosa. I suoi fantastici capelli neri erano sparsi dappertutto, perfino sotto il mio naso, tanto da farmi il solletico. E le mie braccia erano finite (non si sa come) intorno al suo collo.

«Mi scusi tanto, sono proprio sbadato!» ho detto in tono tutt'altro che desolato.

Lei mi ha fatto un sorriso celestiale. Poi ha esclamato: «Non ti preoccupare, è colpa mia, stavo andando a una velocità eccessiva e per di più contromano!».

Che ragazza di spirito! Che humour delizioso!

Ovviamente sono scoppiato a ridere e lei mi ha fatto subito eco.

E qui purtroppo è arrivato un sibilo dal suo cellulare, che in quel parapiglia le era schizzato via di tasca finendo accanto al mio piede destro.

«Mi è arrivato un sms!» ha esclamato.

Allora si è tirata su a sedere, dando segno di voler recuperare il suo telefonino.

Così, a malincuore, mi sono staccato da quell'abbraccio paradisiaco e ho raccattato il suo cellulare, il cui display era ancora illuminato. Data la mia vista di lince, senza grande sforzo sono riuscito a scorgere l'icona di una busta con sotto scritto il nome "Ross".

Ross? Il pescatore ciminiera? Un attimo... Forse che quel bizzarro individuo era l'amante segreto di Girasole? Sono stato punto da una fitta di gelosia cocente.

Intanto Girasole ha letto rapidamente il messaggio, restando più o meno impassibile. Poi mi ha porto la mano, sfoderando un altro sublime sorriso.

«Mi chiamo Naomi» ha detto. «E naturalmente puoi darmi del tu!»

«Jerry» ho fatto io, stringendole la morbida mano.

E qui è successa una cosa che non avrei osato immaginare nemmeno nei miei sogni più azzardati.

Infatti, piegando graziosamente la testa di lato, Girasole mi ha domandato: «Ti posso chiedere un piacere, Jerry?».

«Tutto quello che vuoi e anche di più» ho mitragliato io estasiato.

«Mi faresti da accompagnatore, stasera? Sono sola a cena, dato che il mio fidanzato, ehm, non si sente bene».

Inutile dire che ho acconsentito con entusiasmo.

Una felicità assoluta si è impadronita di me: era come se stessi scalando una nuvola dorata, servendomi di ali improvvisate che non sapevo di avere. Ho scordato all'istante tutto quel che avevo avuto in mente fino a un minuto prima. Ho dimenticato pure Tilla e il nostro appuntamento sulle scale.

Per me, in quel momento, contava solo la compagnia di Naomi, che adesso mi stava dando il braccio come fossi davvero il suo cavaliere.

Insieme siamo scesi dabbasso e siamo entrati conversando amabilmente (come ci conoscessimo da anni) nella sala da pranzo.

Arrivati al suo tavolo, io le ho scostato la sedia e l'ho fatta accomodare, aspettando che si fosse seduta prima di sistemarmi accanto a lei.

Ormai ero sul picco della nuvola e non intendevo scendere. Tant'è che, quando mi sono sentito chiamare dai miei genitori, appena entrati in sala, neanche mi sono girato.

Alla fine mio padre è comparso alle mie spalle e mi ha bussato sulla schiena.

«Jerry, cosa fai seduto qui?» ha chiesto più o meno allibito.

«Ah, babbo, io...» ho farfugliato senza troppa convinzione.

Per fortuna, prima che potessi dire qualcosa, Naomi si è intromessa di prepotenza.

«Mi scusi, signore, ma suo figlio e io abbiamo fatto amicizia e così l'ho invitato a farmi compagnia per cena. Spero che per lei non sia un problema».

Il babbo ha scosso la testa in modo impercettibile, alzando nel contempo un sopracciglio, per dire che acconsentiva, anche se disapprovava la novità. Poi ha aggiunto: «Be', sai dirci almeno dov'è Tilla? Tua madre e io non l'abbiamo vista e non vorremmo ci fosse di mezzo il cane. Come sai, non è ammesso in questa sala».

Tilla? Chi era Tilla? Per una frazione di secondo ho seriamente frugato nella mente alla ricerca di una risposta sensata per mio padre. Poi ne ho trovata una: «Infatti, penso sia rimasta nella sua stanza, dato che Morti non voleva saperne di restare solo in camera».

Il babbo però non mollava.

«Significa che salterà la cena?» ha chiesto.

«Che ne so...» ho replicato io seccato. «Magari mangerà qualcosa dal frigobar».

Finalmente mio padre si è defilato, lasciandomi in pace con la mia stupenda commensale. La quale è stata colta da una certa curiosità in merito alla mia amica.

«Chi è questa Tilla?» ha chiesto, sbirciandomi da dietro la carta del menù. «Per caso la tua fidanzata?»

«Niente affatto» ho risposto io. «È solo un'amica. Ma è troppo giovane per me e poi si porta sempre appresso un cane bruttissimo e molesto che sembra un maiale col collare».

Girasole ha fatto una risata e mi ha strizzato l'occhio, segno che fra noi stava nascendo un'intesa.

La cena è filata via senza intoppi, come un treno ad alta velocità in perfetto orario. Naomi mi ha raccontato della sua aspirazione principale, che era quella di diventare (ovviamente) modella. Io le ho raccontato del mio hobby dell'investigazione e del caso che avevo già risolto e per il quale ero finito anche sui giornali.

A un certo punto avrei tanto voluto chiederle se si ricordava che ci eravamo già incontrati nel pomeriggio sul viale e se si era divertita a passeggiare in pineta. Ma poi ho preferito star zitto, nel timore che lei pensasse che la stessi spiando (cosa che in effetti stavo facendo).

Piuttosto, ho cercato di farle la corte in modo chiaro, ma discreto. Le ho fatto qualche complimento (soprattutto ai capelli) e poi ho pensato di sfiorarle un piede col mio come avevo visto fare in un film. Non potendo guardare sotto il tavolo, sono andato alla cieca e così, dopo vari tentativi, mi sono accorto che avevo sfregato tutto il tempo la gamba della sua sedia.

Alla fine abbiamo fatto un brindisi con vero champagne (ordinato da lei) alle nostre rispettive carriere: quella sua di top model e quella mia di detective. Io ero talmente emozionato che mi sono versato un calice sulle ginocchia, dopo essermene scolati tre.

L'intera situazione, unita allo champagne, mi ha dato abbastanza alla testa. Quella sera sono andato a letto in uno stato di strana ebbrezza, mai provata prima. Mi sentivo ubriaco di felicità e avrei voluto baciare tutto il mondo, scarafaggi compresi. Ma il dottor Watson era irreperibile e così mi sono buttato sul letto vestito e senza neanche lavarmi i denti.

La testa mi girava come una giostra, sulla quale vedevo turbinare tutti i personaggi di quella vacanza strampalata: l'Acciuga receptionist-cameriere, la biondona del *Bagno Veliero*, il bagnino Sceicco, il Grande Puffo con la sua tinozza di fette di cocco, il pescatore Ross sul battello, Faccia Quadra e poi... lei, la regina assoluta del luna park: la sensazionale Naomi, alias Girasole.

Non potendo abbracciarla, ho agguantato il cuscino e me lo sono tenuto premuto sul cuore, stretto stretto. Poi ho cominciato a canticchiare a mezza voce un motivetto inventato, il cui dolce ritornello iniziava così: «Pappa a ora di nanna...».

E qui, d'un tratto, ho sentito un funereo rumore di risacca, come se un mare in tempesta avesse inondato la mia stanza. Allora ho visto una mano bluastra, con adunchi artigli da orso, scostare bruscamente le tende del baldacchino del mio letto (anche se io non ricordavo affatto di averle chiuse). Un'orribile faccia ghignante è sbucata fra i drappi intarmati: aveva occhi completamente bianchi e ciuffi di alghe che uscivano dal naso e dalle orecchie; vomitava dalla bocca rivoli di acqua fangosa, schiuma e sassi neri.

Ho indovinato con raccapriccio che era il fantasma di un annegato venuto a vendicarsi con me perché non credevo alla sua esistenza.

Annientato dal terrore, ho cacciato la testa sotto il cuscino e ho preso a balbettare: «Va bene, va bene, esisti veramente! Il venditore di cocco aveva ragione, ma ora per favore vattene e lasciami in pace...».

Spiando da sotto il cuscino, ho visto che lui non accennava a scomparire: anzi, se ne stava immobile, con la testa incastrata fra le tende come un trofeo di caccia, e quel terribile ghigno sulle labbra gonfie.

Chi poteva salvarmi da quell'orrore? Chi poteva venire in mio aiuto? E, soprattutto, chi aveva il fegato di affrontare un mostro simile?

Nessuno… tranne, forse… l'unica persona possibile!

Istintivamente, mi sono fatto scudo col cuscino e ho cominciato a urlare con quanto fiato avevo in gola: «Tilla! Tilla! Tilla!».

Stavo ancora gridando quando l'orrido spettro mi è saltato addosso e mi ha ghermito con i suoi artigli.

XIII

La fine del faro?

«Jerry, svegliati!» ha urlato il mostro scrollandomi per le spalle.

«Tilla!» ho continuato a gridare io.

«Sono qua, Jerry, apri gli occhi!» ha esclamato non il mostro, ma la mia incomparabile amica, venuta finalmente a salvarmi.

Ho fatto come mi diceva e ho spalancato gli occhi: l'orripilante fantasma se n'era andato, le tende del letto erano aperte e la faccia di Tilla era china su di me, che me ne stavo rannicchiato sul letto vestito e abbracciato al cuscino. Accucciato per terra, Morti mi fissava allarmato.

Mentre mi guardavo intorno ancora sbigottito, d'un tratto ho visto le lentiggini sul viso di Tilla disperdersi per la stanza come coriandoli sollevati da un turbine di vento. Una nausea potente si è impadronita di me e così sono balzato giù dal letto e, tappandomi la bocca, sono corso in bagno. Ho vomitato nella tazza del cesso tutta la cena e perfino i pinoli che avevo mangiato nel pomeriggio.

Siccome non avevo controllato se nel water ci fosse il dottor Watson, subito dopo mi è presa paura di averlo ucciso, sommergendolo di vomito. Così, barcollando, sono tornato in camera e ho chiesto a Tilla: «Hai per caso visto in giro uno scarafaggio?».

«No, dato che io non ho ancora il delirium tremens come te!» ha risposto lei con una sfumatura rabbiosa nella voce.

Ovviamente le dovevo una spiegazione, anche se non sapevo da che parte cominciare. Così, per prendere tempo, intanto l'ho invitata a sedersi sulla sponda del letto, cosa che lei ha fatto con molta degnazione.

Poi mi sono accomodato anch'io, però a una certa distanza da lei. Ho accavallato le gambe e in mezzo secondo ho riflettuto che la cosa migliore da fare era sferrare una controffensiva. Così ho detto: «Innanzitutto non sono un alcolizzato. Ho solo bevuto un po' di champagne a cena e non ci sono abituato».

Lei ha fatto una risata e, frustando l'aria col guinzaglio di Morti, ha ribattuto: «Non lo sei, ma lo sembri. O come lo definisci tu, uno che puzza di alcol dalla testa ai piedi, sviene vestito sul letto, urla come un ossesso e poi vomita anche l'anima? Ah, quasi dimenticavo, e vede pure scarafaggi in giro!».

Porco cane, la ragazza mi aveva messo al tappeto! Mi sono aggrappato all'unico argomento che potevo far valere.

«Lo scarafaggio esiste davvero e si chiama dottor Watson» ho detto.

«Come no, Sherlock!» ha replicato lei con un risolino beffardo.

Per fortuna in quel momento, come fosse stato chiamato all'appello, il dottor Watson è sbucato fuori da una delle mie pantofole ai piedi del letto. Io l'ho raccolto e l'ho mostrato all'incredula. Tilla si è scusata, ribadendo però che c'erano altre cose più importanti da chiarire.

«E va bene» ho ammesso. «Mi sono preso una sbronza e ho avuto un incubo terribile. Ho sognato che il fantasma di un annegato mi perseguitava. Ecco perché ti ho chiamato come un disperato».

Tilla ha assentito lentamente con la testa.

«Per fortuna ti ho sentito, altrimenti avresti svegliato tutto l'albergo» ha detto. «Infatti stavo rientrando con Morti dalla sua passeggiatina notturna e sono passata davanti alla porta della tua stanza proprio nel momento in cui lanciavi il tuo SOS».

Insomma, dovevo essere grato al cane porcello. Se Tilla non fosse intervenuta in tempo, quell'incubo sarebbe proseguito e io sarei morto d'infarto prima dello spuntar del sole.

«Grazie» ho mormorato a mezza voce. Poi, gettando un'occhiata all'orologio, ho aggiunto: «È quasi mezzanotte: sarà meglio che metta il pigiama e mi corichi per bene. Allora buonanotte e a domani!».

Ma Tilla è rimasta seduta immobile a scrutarmi accigliata, come una dannata civetta imbalsamata. Quanto a Morti, si era già steso sul mio scendiletto nella posa del maiale allo spiedo (con una mela in bocca la somiglianza sarebbe stata perfetta).

Io ho tirato giù la trapunta del letto, estraendo da sotto le lenzuola la maglia e i pantaloni del pigiama. Infatti non sapevo come affrontare la questione più scottante, cioè quella che mi pesava sulla coscienza molto più della mia ubriacatura.

Tilla allora ha detto: «Non pensare che me ne vada prima che tu mi abbia dato una spiegazione».

Io mi sono grattato il mento e ho farfugliato pietosamente: «Ti ho già detto che ho alzato un po' il gomito e...».

«Non fare il finto tonto» mi ha interrotto lei. «Sai benissimo che sto parlando del bidone che mi hai tirato stasera. Ti ho aspettato come un'idiota mezz'ora sulle scale e tu non sei venuto».

Io mi sono passato la lingua sulle labbra, che erano secche come carta vetrata.

Purtroppo, per quanto brillante in fatto di intuizione, il mio cervello da detective non è stato in grado di sfornare una frase più efficace di questa: «Scusami, ma ho avuto un contrattempo».

Tilla ha fabbricato un cappio col guinzaglio di Morti (incutendomi una certa ansia) e, con una calma terribile, ha chiesto: «Era per caso un contrattempo con lunghi capelli neri e uno sguardo da gatta morta?».

Siccome io sono rimasto ammutolito, lei ha aggiunto che quella sera, dopo avermi aspettato invano tutto quel tempo, era scesa dabbasso e si era affacciata alla porta della sala da pranzo. Là aveva visto la "bella cartolina" (sue testuali parole) che Naomi e io formavamo seduti allo stesso tavolo. Allora è tornata nella sua stanza, ha preso Morti ed è andata fuori a comprarsi un sandwich al bar del *Bagno Veliero*.

«Qua ho fatto un incontro interessante in merito al caso del faro» ha concluso. «Ma siccome hai trovato un modo migliore per passare il tempo e di questo e altro ormai non ti frega più un fico secco, non mi pare il caso di raccontarti niente. Anzi, adesso tolgo volentieri il disturbo e ti lascio dormire».

Detto questo, si è alzata, ha letteralmente sbarbato Morti dallo scendiletto, se l'è preso in collo e ha sbattuto la porta.

Io sono rimasto solo col dottor Watson e il mio senso di colpa.

Il giorno seguente Tilla ha fatto di tutto per evitarmi: si è alzata a ore antelucane per fare colazione da sola ed è sparita poco dopo col botolo al seguito, avvisando i miei genitori che non sarebbe venuta in spiaggia, ma probabilmente avrebbe fatto un salto in paese a vedere il mercatino settimanale delle pulci.

«È successo qualcosa fra voi due?» mi ha chiesto la mamma.

«No di certo» ho mentito io. «È solo che le ragazze a volte sono parecchio lunatiche».

Quest'ultima cosa, in realtà, l'ho detta soprattutto pensando a Girasole. Quella mattina, infatti, l'avevo vista al tavolo della colazione insieme a Faccia Quadra. Lei era sempre abbagliante come al solito, in un abitino corto ornato da paillettes, e lui indossava un'altra delle sue felpe sportive, con gli occhiali da sole appesi alla zip.

I due sembravano di nuovo in grande sintonia: lei gli ha perfino imburrato una fetta biscottata e lui le ha fatto inzuppare la brioche nel suo cappuccino (una cosa a dir poco schifosa).

Naturalmente io mi sono fermato davanti a lei e l'ho salutata col mio miglior sorriso.

«Buongiorno» le ho detto. «Hai dormito bene?»

Lei però mi ha filato meno di zero, nel senso che si è limitata ad alzare un angolo della bocca, annuendo in modo impercettibile. In compenso, Faccia Quadra mi ha tirato un'occhiata truce e ha detto in tono ironico: «Guarda un po' chi abbiamo qui: l'appassionato di corvi della porta accanto».

Ma io non mi sono fatto smontare e ho ribattuto: «Non direi che questo sia il mio unico hobby».

E qui Naomi, anziché darmi manforte e raccontargli, ad esempio, che ero un bravissimo detective, ha abbassato gli occhi e si è messa a girare lo zucchero nel suo tè. Allora io sono andato difilato al mio tavolo e mi sono trincerato dietro il giornale che il babbo vi aveva lasciato sopra.

Da principio volevo solo celarmi alla loro vista, facendo finta di leggere attentamente qualche articolo. Infatti ero deluso e arrabbiato allo stesso tempo: per quella ragazza, la nostra cena della sera prima era come se non fosse mai avvenuta, come se fra noi non fosse nato quel qualcosa che invece, secondo me, era nato. Evidentemente, aveva fatto pace col suo damerino e lui le aveva fatto una specie di lavaggio del cervello.

Ma poi, scorrendo distrattamente i vari articoli di cronaca locale, ne ho trovato uno che ha catturato subito la mia attenzione. Così, ho scordato il mio malumore e ho cominciato a leggere affascinato, a partire dal titolo che diceva:

Riqualificazione dell'Isola degli Annegati: è polemica

Dopodiché seguiva questo trafiletto:

Gli abitanti di Lido Funesto sono divisi in merito al progetto comunale di riqualificazione dell'isolotto prospiciente il litorale, meglio noto come l'"Isola degli Annegati". L'isola, sulla quale sorge un faro che è inutilizzato da decenni, costituisce un'area dismessa che, secondo la proposta dell'assessore comunale al turismo, sarà presto trasformata in un parco divertimenti acquatico destinato a divenire un polo d'attrazione per il nostro tratto di litorale. Il progetto di costruzione di un acquapark di grande livello, messo a punto da due architetti toscani, prevede anche un pontile d'attracco delle imbarcazioni-navetta che partirebbero dalla spiaggia per raggiungere agevolmente l'isola nelle ore pomeridiane e serali di alta marea. I lavori dovrebbero iniziare dalla prossima settimana, ma già un mese fa, non appena il Comune ha diffuso la notizia, sono esplose le polemiche da parte di alcuni cittadini. In particolare, alcuni giovani ambientalisti hanno pubblicato una petizione in rete per bloccare il progetto, insistendo sul valore dell'ecosistema dell'isolotto, che ospita una colonia di corvi imperiali non usi a nidificare in ambienti antropizzati. A favore del progetto, invece, sono i gestori delle strutture turistiche del litorale, che nella riqualifica dell'isola vedrebbero un ovvio incremento di guadagni. Nel caso la questione interessi anche a voi, potete dire la vostra sul sito web del nostro giornale e lasciare un commento all'indirizzo: www.ecodilidofunesto.it/riqualificaisolotto.

Ho posato il giornale e ho intinto un grissino nel barattolo di crema alla nocciola che avevo sotto il naso. Poi ho preso a sgranocchiare il grissino, cominciando a riflettere.

E così, il Comune di Lido Funesto voleva radere al suolo il faro maledetto e costruire al suo posto un acquapark. Se la cosa fosse andata a buon fine, i Fantasmi degli Annegati sarebbero stati sfrattati senza pietà. Per quel che mi riguardava, questo era un motivo in più per velocizzare le indagini e risolvere il mistero prima che l'isola venisse spianata da una colata di cemento.

Risoluto, mi sono alzato dal tavolo e ho lasciato a bomba la sala, col giornale sottobraccio. Naturalmente mi sono guardato bene dal salutare Girasole, che era intenta a meditare profondamente davanti alla sua tazza di tè (forse stava calcolando l'area della faccia del fidanzato).

Sono salito in camera, ho preso gli attrezzi del mestiere (leggi, lo zaino da detective) e mi sono fiondato in spiaggia. Qua, sono andato dritto al *Bagno Veliero*, mi sono seduto al bancone del bar e vi ho aperto il giornale sopra, alla pagina del trafiletto. Poi ho fatto uno starnuto ad arte e ho estratto dallo zaino il mio "speciale" astuccio portafazzoletti, con l'apparente intento di tirar fuori un fazzolettino di carta per soffiarmi il naso.

Non appena è comparsa Gina, le ho mostrato l'articolo e le ho chiesto un'opinione in merito.

«Sarebbe un'ottima cosa» ha detto. «Ma prima di riqualificare l'isola dovrebbero mandarci delle ruspe a ripulire la spiaggia dalle alghe. Per il resto, io naturalmente sono a favore!»

«Immagino che per lei ci sarebbero dei vantaggi» ho detto.

«Ovvio» ha replicato Gina. «I clienti triplicherebbero. E poi potrei gestire il noleggio delle imbarcazioni per l'isola. Sì, quell'acquapark potrebbe essere una miniera d'oro».

A questo punto nella nostra conversazione si è intromesso in malo modo un ragazzo con una treccia lunga fino al sedere, che se ne stava appoggiato al bancone a sorseggiare un chinotto dalla lattina.

«E non pensa a quei poveri corvi sulla scogliera?» ha detto a Gina con una tale "erre" moscia che suonava quasi mancante. «Sarebbe una maledizione per la nostra avifauna, altro che incassi!»

La biondona gli si è rivoltata contro come una vipera: «Be', non stai parlando di un paradiso incontaminato» gli ha detto sul muso. «Ti ricordo che la spiaggia dell'isolotto è poco meno inquinata della nostra».

«Non mi risulta» ha ribattuto lui. «Non ci sono nemmeno alghe».

«Non sto parlando delle alghe» ha fatto lei «ma di rifiuti e schifezze di vario tipo, come cicche e perfino accendini. Soprattutto accendini: ne hanno trovati parecchi in quella zona».

Il ragazzo ha alzato le spalle, ha sbattuto la lattina sul bancone e se n'è andato.

Io ho chiuso il giornale e ho spento il miniregistratore nascosto nell'astuccio portafazzoletti. L'avevo acceso di nascosto poco prima, per registrare le parole di Gina. Non sapevo se potesse tornare utile per le indagini, ma a quel punto ogni piccolo indizio avrebbe aiutato a sbrogliare la matassa del mistero prima che fosse troppo tardi.

XIV

L'armadio omicida

Tilla è rimasta latitante fino al primo pomeriggio, quando l'ho vista ricomparire in spiaggia con Morti al guinzaglio. Io però avevo studiato un piano per riagganciarla e riuscire a farci pace. Infatti bruciavo dalla voglia sia di aggiornarla sulle ultime novità in merito al caso, sia di sapere da lei che cosa aveva scoperto la sera prima al bar del *Bagno Veliero.*

Per realizzare il mio piano, all'ora di pranzo ero sgusciato furtivamente nelle cucine della *Pensione Ombretta* e, frugando nel bidone della spazzatura, avevo estratto un bell'osso polposo di coscia di pollo. Poi mi ero fiondato in spiaggia e l'avevo sotterrato nel cerchio d'ombra del nostro ombrellone.

Fatto sta che, non appena Tilla è passata a testa alta sul lungomare prospiciente il nostro bagno, Morti ha fatto un'inchiodata bestiale e ha girato la testa di scatto verso l'ombrellone. Allora Tilla, senza degnarmi di un'occhiata, ha cominciato a tirare il guinzaglio alla disperata, perché chiaramente voleva allontanarsi il più possibile da me.

Il porcello canino, però, ha reagito proprio come mi ero immaginato. Prima ha dilatato le narici del grugno, poi ha cominciato a uggiolare, quindi si è letteralmente catapultato verso di me, trascinando dietro anche la padroncina.

Raggiunto l'ombrellone, si è messo a scavare freneticamente con le zampe esattamente nel punto dove avevo sepolto l'osso, schizzando rena dappertutto. Trovata la preda, si è infine accucciato all'ombra a rosicchiarla placido.

Nei pochi istanti in cui si è svolta la scena, Tilla ha cercato sempre di voltarmi le spalle, né si è degnata di salutarmi. Allora io, con aria divertita, ho annunciato: «Ecco a voi Mortimer Jones, il predatore dell'osso perduto!».

Al che lei non ha potuto trattenere una risatina.

In quella però, con la tempestività di Superman in azione, è arrivato lo Sceicco, alias il bagnino.

«È stato questo cane a insabbiare i teli da bagno dell'ombrellone qui accanto?» ha chiesto. Poi, senza attendere risposta, ha aggiunto: «Io vi consiglierei di girare un po' al largo».

Prontamente, io ho indicato la bandierina rossa che lui stesso aveva innalzato sul suo casotto per via del mare grosso. Quindi ho osservato: «Ma oggi è pericoloso fare il bagno al largo: lo dice anche la bandierina!».

Dopodiché ho scosso gli asciugamani dei vicini di ombrellone (che per fortuna non erano nei paraggi) e mi sono spaparanzato sul lettino del babbo, che era rimasto alla pensione con la mamma a fare la pennichella pomeridiana. Tilla, soddisfatta di come avessi sistemato il bagnino che aveva osato offendere il suo cane, si è accomodata spontaneamente sulla sdraio della mamma.

Lo Sceicco ci ha guardati allibito.

«A proposito» gli ho detto «questo ombrellone, con annessi e connessi, è stato pagato dai miei genitori per due settimane».

Lui ha inarcato un sopracciglio, ma poi, capendo che non poteva certo cacciare dei clienti del bagno, si è arrampicato sul suo casotto, a qualche metro da noi, e non ha più aperto bocca.

Fra me e Tilla ormai il ghiaccio era rotto e così io, innanzitutto, mi sono scusato per averle dato buca all'appuntamento della sera prima. Lei ha accettato le mie scuse con un sorriso e io allora ho sfoderato il giornale e le ho letto il trafiletto sull'Isola degli Annegati.

«Be', il mistero va risolto alla svelta» ho concluso. «E cioè prima che arrivino ruspe ed escavatrici a fare un completo restyling dell'isolotto».

«Giusto» ha detto Tilla «ma intanto posso dirti qualcosa a proposito del pescatore Ross...».

Io ho drizzato subito le orecchie. Tilla ha raccontato che la sera prima, dopo essersi mangiata un sandwich e scolata una lattina di tè freddo al *Veliero*, aveva avuto bisogno di andare in bagno. Così aveva affidato Morti a Gina e si era fatta indicare da lei la porta dei servizi del bar. La toilette delle donne però era occupata e Tilla si era messa ad aspettare fuori appoggiata al muro. Aveva aspettato un quarto d'ora, poi aveva bussato alla porta.

«Non ci crederai» ha detto «ma mi ha risposto una voce maschile, dicendo che ne aveva ancora per poco. Solo che quel "poco" è durato un altro quarto d'ora, tanto che stavo davvero per farmela addosso!».

«E com'è finita?» ho chiesto.

«Alla fine è uscito dal bagno questo tipo effeminato con gambe depilate da calciatore di serie A: Ross!»

«Ross?» ho fatto io. «Ma perché era nel gabinetto delle donne?»

«Perché è una donna!» ha esclamato lei.

Mentre io la guardavo esterrefatto, Tilla ha aggiunto che Gina aveva chiamato il pescatore per nome. Poi, una volta che se n'era andato, le aveva spiegato che "Ross" era il diminutivo di "Rossella" e che, malgrado le apparenze, il rude uomo di mare era in realtà una giovane donna.

Io sono rimasto un attimo soprappensiero.

«Be', questo spiega gli occhialoni da sole e gli shorts rosa» ho osservato alla fine.

«Non spiega però che cavolo abbia fatto in quella lunga mezz'ora in bagno» ha detto Tilla «dato che non ho sentito nemmeno tirare lo sciacquone».

«Magari si è rifatta il trucco» ho suggerito io «per nascondere la barba sotto uno strato di fondotinta».

A questa battuta ci siamo sganasciati dal ridere tutti e due.

Poi Tilla ha detto: «Non ho notato se era truccata, ma di certo si è spruzzata un bel po' di profumo addosso. Infatti quando sono entrata in bagno, ho sentito una puzza terrificante di mughetto, lavanda e chi più ne ha più ne metta. E questo nonostante la finestra fosse spalancata».

Intanto io sono stato preso da un'ondata di euforia: non solo perché Tilla era di nuovo mia amica, ma anche perché, se Ross era una donna, non poteva essere mio rivale in amore. Dentro di me, infatti, non avevo dimenticato che Girasole aveva ricevuto un sms dal pescatore (ovvero dalla pescatrice) proprio la sera prima.

Ma il ricordo di Girasole mi ha fatto sprofondare di nuovo nelle mie fantasticherie e precisamente nel mondo immaginario in cui Naomi era cotta di me e io ero il suo fidanzato. Tant'è che, a un certo punto, Tilla ha schioccato le dita a un centimetro dal mio naso.

«Ehi, mi stai ascoltando?» mi ha gridato.

«Ehm, sì, scusa... stavi dicendo?» ho fatto io, cancellando a forza dalla mia mente il viso angelico che ormai mi perseguitava da giorni.

Tilla ha fatto un sospiro e ha incrociato le braccia.

«Ti stavo dicendo che questa mattina ho fatto una scoperta anche al mercatino delle pulci» ha spiegato. «Per l'esattezza, a un banco di giocattoli usati: un bambolotto identico a quello che abbiamo trovato impiccato in pineta!»

Io sono balzato a sedere sul lettino come un trapezista del circo atterrato sulla rete.

«Cavolo, Tilla, ma questo è uno scoop!» ho esclamato. «Sei sicura che fosse davvero uguale?»

Tilla si è accostata a me e ha abbassato la voce.

«Certo» ha bisbigliato. «Stessa faccia, stessa cuffietta, stessa tutina. Poi era pure parlante: infatti sulla confezione originale, ingiallita dal tempo, c'era scritto: "Paffutino, il bebè chiacchierino"».

Tilla si era anche informata sul prezzo, con l'intenzione di comprarlo e di portarmelo a vedere. Ma il venditore, un tizio rasato tipo skin e con un occhio strabico, voleva cinquanta euro e lei ovviamente ci aveva rinunciato. Pare infatti che fosse un bambolotto degli anni Sessanta, molto richiesto dai collezionisti.

«Dai collezionisti e dai malfattori» ho mormorato fra me e me.

Quella sera, dopo cena, Tilla e io ci siamo chiusi nella mia stanza con lo smartphone di mio padre. Infatti col mio cellulare antidiluviano non è possibile navigare in rete, mentre noi avevamo intenzione di sbirciare in un sito Internet che poteva rivelare cose interessanti.

Seduti a gambe incrociate sul mio letto a baldacchino, con Morti che sonnecchiava sullo scendiletto, abbiamo digitato l'indirizzo web pubblicato su *L'Eco di Lido Funesto.*

Mentre attendevamo la connessione, Tilla ha detto: «Stasera la tua amica dai capelli neri non era in sala da pranzo».

Io ho risposto con noncuranza: «No, credo sia uscita col suo fidanzato».

In effetti più che crederci ne ero sicuro, dal momento che avevo visto dalla finestra la trista coppia uscire dalla pensione, prima di cena, in gran spolvero e mano nella mano.

Tilla ha fatto un sorriso da un orecchio all'altro.

«È fidanzata?» ha chiesto.

«Già» ho risposto io.

Non mi pareva il caso di aggiungere che il tipo sembrava una scatola da scarpe semovente e che il rapporto fra i due aveva possibilità di durare quanto un vaso di cristallo sul davanzale di una casa esposta a un terremoto del nono grado della scala Richter.

Per fortuna la connessione ha troncato quell'imbarazzante conversazione.

«Ecco qua» ho detto. «Ci sono già tredici commenti al trafiletto sulla riqualificazione dell'isolotto».

Tilla ha avvicinato la testa alla mia e insieme abbiamo cominciato a scorrerli uno per uno.

Da principio siamo rimasti assai delusi: per lo più, infatti, si trattava di proteste di animalisti vari che si scagliavano contro il progetto dell'acquapark in difesa della colonia dei corvi. Poi però, al settimo commento, siamo incappati in qualcosa di diverso.

Finalmente un'iniziativa edilizia, scriveva qualcuno, *volta a rivalutare una parte del nostro territorio da tempo abbandonata a se stessa. Si spera che la nuova struttura turistica dissipi sciocche superstizioni e leggende che gravano come una cappa di piombo su quell'isola. Si spera che un antico errore umano, che ha portato un'intera famiglia all'ignominia, venga una volta per tutte perdonato e dimenticato.*

Seguiva la firma: "Livia Quaglierini".

«Quaglierini!» ho esclamato io. «È sicuramente una parente di Nevio, il guardiano responsabile del naufragio del peschereccio...»

«Cioè "dell'antico errore umano" di cui parla questa donna» ha dedotto Tilla. «Immagino che in effetti, in un paesino così piccolo, anche la famiglia del guardiano sia stata coinvolta nell'accaduto».

Io ho finito di leggere anche gli altri commenti, dopodiché, constatato che non c'era nient'altro degno di nota, ho agguantato penna e taccuino e ho copiato le parole di Livia Quaglierini.

«Sarebbe interessante poter intervistare questa signora» ho detto.

Tilla ha annuito, mordendosi il labbro inferiore: «Di sicuro troveremo il suo indirizzo in rete».

Ma la connessione era appena caduta e per di più io cominciavo ad avere sonno.

«Be',» ho osservato sbadigliando «possiamo occuparcene domattina. Ora si è fatto tardi e sarà meglio andare a dormire».

Così sono scivolato giù dal letto e sono rimasto in piedi dando le spalle all'armadio, in attesa di congedarmi da Tilla.

Lei però era titubante: aveva l'aria di volermi dire ancora qualcosa, che ho intuito non aveva a che fare con le indagini che stavamo svolgendo.

Infatti si è alzata in piedi e ha fatto qualche passo verso di me, con un mezzo sorriso a fior di labbra.

«Senti Jerry...» ha cominciato a dire, saltellando da un piede all'altro. «Io avrei bisogno di sapere se...»

In quel momento, però, io ho avuto la bella idea di stirarmi un braccio, che sentivo indolenzito. Nell'allungarlo, ho urtato senza volere contro un'anta dell'armadio.

Nell'istante successivo ho sentito un cigolio sinistro.

Tilla allora mi ha urlato: «Attento!», mi ha assestato una manata micidiale sulla spalla e ha fatto lei stessa un poderoso salto all'indietro.

Io sono andato a finire a volo d'angelo sul letto, giusto in tempo per vedere l'armadio ballerino crollare in avanti con un pauroso inchino e con un tonfo che ha fatto tremare le pareti dell'intera stanza.

«Porcaccio cane!» ho gridato.

Tilla è rimasta un attimo impietrita a osservare l'orrido cassone in posizione orizzontale: sembrava la bara chiusa di un essere gigantesco. Infatti le ante non si erano aperte, altrimenti tutta la mia biancheria e i vestiti sarebbero finiti per terra.

«Ma che è successo?» ha chiesto poi.

Io ho risposto con insolita calma, considerato che avevo appena scampato un bel pericolo: «È successo che, se non era per te, restavo schiacciato da questo mostro».

Solo allora, avvicinandomi all'armadio e chinandomi per terra, ho notato che due delle calzatoie a cui si appoggiavano le zampe erano state spostate. Infatti si trovavano addirittura addossate alla parete dall'altra parte della stanza. Sono riuscito a risistemarle al loro posto, dopo aver raddrizzato l'armadio grazie all'aiuto di Tilla.

«Come vedi, quest'armadio non stava in piedi senza le zeppe» ho detto. «Siccome ne mancavano due, è ovvio che è bastata una minima scossa per farlo cadere».

Tilla mi ha guardato perplessa.

«Ma chi può aver tolto quelle zeppe?» ha chiesto. «Forse la donna delle pulizie per errore?»

«La donna delle pulizie in questa pensione non l'ho ancora vista» ho detto. «Ci sarà di sicuro, ma, come puoi notare dai lanicci di polvere sotto il letto, non credo vada a strofinare sotto l'armadio...»

Ho scosso la testa e, scorgendo proprio in quel momento il mio scarafaggio a passeggio sul pavimento, gli ho sussurrato: «Caro Watson, mi sa che quest'armadio è stato sabotato di proposito».

Istintivamente, Tilla ha raccolto Morti dallo scendiletto e se l'è stretto al petto, lisciandogli le setole (ups, volevo dire il pelo).

«Ma per quale motivo?» ha chiesto.

«Perché sono un detective scomodo e sto evidentemente dando fastidio a qualcuno» ho risposto. «Perciò quel qualcuno mi vuole morto».

XV

Si prepara la tempesta

La mattina seguente il mare era ancora più agitato del giorno prima e soffiava sempre un forte vento di libeccio. Il tanfo di alghe marce arrivava fino alla *Pensione Ombretta*, per cui non era difficile immaginare che in spiaggia tirasse un'aria da vera discarica.

A colazione i miei genitori hanno annunciato che avevano intenzione di sfruttare la giornata per partecipare a una gita organizzata a un sito archeologico etrusco, che si trovava a una sessantina di chilometri di distanza da Lido Funesto. Si trattava di un'escursione pubblicizzata da un depliant che si trovava al banco della reception e per la quale era possibile comprare il biglietto direttamente dall'Acciuga. Il pullman partiva alle dieci da una pensilina davanti alla pensione e la comitiva avrebbe fatto ritorno solo all'ora di cena.

«Naturalmente siete invitati anche voi» ha detto la mamma, rivolgendosi a Tilla e a me.

Il babbo però le ha tirato un'occhiataccia e, guardando la mia amica, ha sentenziato: «Non so se i cani siano ammessi sul pullman. E poi il biglietto è piuttosto salato».

Inutile dire che dei due motivi per cui noi avremmo

dovuto rinunciare alla gita, per mio padre quello veramente determinante era il secondo.

Io ho scrollato le spalle: «Non fa niente, tanto abbiamo altri programmi per oggi».

«Giusto, non vi preoccupate per noi» ha aggiunto Tilla.

La mamma ha fatto un sospiro: «Peccato, pare che la necropoli che andremo a visitare sia una delle più belle della Toscana».

Siccome notoriamente una necropoli è un cimitero di gente morta migliaia di anni fa, io ho osservato: «Nessun problema: Tilla e io abbiamo già fatto il pieno di cimiteri!».

Alludevo naturalmente alla vacanza trascorsa nel cimitero dello zio Ade.

E così la questione è stata risolta con soddisfazione di entrambe le parti: infatti il babbo e la mamma sono partiti pagando solo due biglietti, mentre Tilla e io abbiamo potuto dedicarci indisturbati agli impegni previsti dalla nostra tabella di marcia giornaliera, che era la seguente:

1) Mattina: piccola indagine per chiarire l'incidente dell'armadio (eventuale intervista alla donna delle pulizie, ammesso che riuscissimo a trovarla).

2) Pomeriggio: intervista a Livia Quaglierini (ammesso che riuscissimo a scovare anche lei).

3) Sera: puntata all'Isola degli Annegati (era il 25 agosto e dovevamo verificare se ci avevo azzeccato col messaggio di Paffutino Bebè Chiacchierino).

Per poter realizzare il primo punto, ho escogitato un piano diabolico: sono tornato in camera mia, ho cercato il dottor Watson (che se ne stava tranquillo a meditare dentro il bidè) e l'ho infilato sotto il lenzuolo del letto. Poi ho formato il numero della reception all'antico telefono a disco che si trovava sul comodino (un vero oggetto di antiquariato, che penso provenisse proprio dal mercatino delle pulci di Lido Funesto).

Dopo vari squilli, finalmente l'Acciuga ha risposto trafelato (a giudicare dalle sue molteplici mansioni in quell'hotel, forse stava pelando le patate in cucina).

«Per favore, venga subito nella stanza numero 13!» ho esclamato.

Il tuttofare è arrivato già sudato di prima mattina. Quando ha visto che a chiamarlo ero stato io (cioè solo un ragazzo), mi ha scrutato accigliato.

«Che cosa vuoi?» ha chiesto brusco.

«Solo parlare con la donna delle pulizie» ho detto. Dopodiché ho alzato la trapunta del letto e gli ho mostrato il dottor Watson che si guardava intorno un po' smarrito, annidato dentro una piega del lenzuolo.

L'Acciuga si è irrigidito al punto che più che un'acciuga sembrava uno stoccafisso. Dopo un attimo di indecisione, ha detto che sarebbe tornato con lenzuola pulite per fare un rapido cambio del letto, più una bomboletta di spray antiscarafaggi da spruzzare in ogni angolo della stanza.

«Come sarebbe?» ho chiesto io. «Non credo spetti a lei...»

Ma lui non mi ha fatto neanche terminare la frase e, con aria di esasperazione, ha esclamato: «Sarebbe che in questa pensione la donna delle pulizie sono io!».

Inutile dire che mi è preso un accesso di risa irrefrenabile, per cui ho finto di dover andare urgentemente in bagno per tapparmi la bocca e riuscire a darmi una calmata.

Nel frattempo lui è andato e tornato alla velocità della luce con lenzuola fresche e la bomboletta promessa. Quest'ultima naturalmente gliel'ho subito sequestrata, dicendo che volevo fare la disinfestazione di persona. In realtà, come avrete immaginato, volevo solo impedire che il mio valido collaboratore Watson venisse barbaramente ucciso nel fiore degli anni (aveva l'aria di essere uno scarafaggio ancora giovincello).

L'Acciuga ha cominciato a disfare il letto e io ne ho approfittato per rivolgergli qualche domanda, una volta messo al sicuro Watson nella mia tasca.

«È sempre lei a fare le pulizie nelle stanze?» ho chiesto.

Lui ha risposto stizzito: «Santi numi, ragazzo, se ti dico che mi occupo io delle pulizie!».

«D'accordo, mi scusi. È solo che mi pare strano che lei... ehm... riesca a fare tante cose in una sola giornata».

Per la prima volta da quando lo conoscevo, lui mi ha rivolto un sorriso.

«Finalmente qualcuno che apprezza il mio lavoro» ha mormorato come se parlasse fra sé e sé.

Io ho proseguito col mio interrogatorio, spacciandolo però per una normale conversazione.

«Accidenti, dev'essere dura ogni giorno occuparsi di tutte le camere dell'albergo: tirarle a lucido, cambiare asciugamani e lenzuola, spostare mobili...»

Lui mi ha interrotto deciso: «Ah no, ci mancherebbe!

Spostare mobili proprio non lo faccio. Di quello si occupa un'impresa di pulizie che viene a inizio stagione, in genere a giugno».

«Però il resto lo deve fare lei...» ho detto con l'aria distratta di uno che parla solo per far prendere aria alla lingua.

L'Acciuga, che ormai aveva finito di sistemare il mio letto, ha precisato: «Sì, tutto io, tranne che riparare guasti, rifornire il frigobar e cambiare le lampadine ai lampadari: soffro di vertigini e non ce la faccio proprio a salire su una scala».

«E chi fa queste altre cose?» ho chiesto di nuovo.

«Persone esterne,» ha risposto lui «ma che hanno la nostra piena fiducia: dispongono di una chiave passepartout che apre tutte le camere».

Buono a sapersi... Qui avrei anche voluto chiedere con precisione chi fossero queste persone, ma lui ha incominciato a insospettirsi, per cui ho dovuto giocoforza cambiare argomento. Gli ho domandato se quell'insetticida era davvero potente contro gli scarafaggi e lui mi ha detto che era roba velenosa al cento per cento e che dovevo fare attenzione a non spruzzarmela negli occhi.

Non appena se n'è andato, per prima cosa ho estratto il dottor Watson di tasca e l'ho posato delicatamente su una piastrella del bagno. Poi ho fatto sparire lo spray dentro lo scaldavivande, immaginando che, se l'Acciuga fosse tornato e l'avesse visto, gli sarebbe potuto saltare il ticchio di usarlo contro il mio collega scarafaggio.

Quindi ho preso il taccuino e ci ho scribacchiato

sopra l'esito di quella conversazione, che per il momento, purtroppo, non aveva fruttato granché.

Per qualche minuto sono rimasto a riflettere con la biro fra i denti. Alla fine ho concluso che dall'Acciuga non avrei più cavato nessuna informazione, se non a rischio di espormi troppo. Perciò avrei dovuto scoprire da solo quali altre persone avevano libero accesso alle camere della pensione.

A questo punto ho mandato un sms a Tilla per sapere se invece la sua ricerca, a differenza della mia, aveva prodotto qualche risultato. Lo speravo davvero!

Sulla pagina dello stradario di Lido Funesto, che Tilla reggeva controvento, "via della Conchiglia" appariva come una stradicciola sghemba che dalla periferia del paese sfociava direttamente sulla spiaggia. Ecco perché avevamo deciso di arrivarci camminando sul lungomare, così da dare l'impressione di voler fare una semplice passeggiata all'aria aperta. Tilla portava l'immancabile Morti al guinzaglio e io portavo il binocolo a tracolla. Di tanto in tanto, mi fermavo a osservare qualche gabbiano in volo, fingendo di fare birdwatching.

Ormai ero convinto, infatti, che qualcuno ci stesse tenendo d'occhio: per la precisione, la stessa persona che avrebbe voluto vedermi spalmato sul pavimento come un cartone animato sotto l'armadio di camera mia.

La spiaggia però era deserta, sia per il forte libeccio, sia perché ormai l'estate era agli sgoccioli. Passando davanti al *Bagno Veliero*, ho notato che un'intera fila di ombrelloni era stata eliminata come pedoni di una scacchiera tolti di mezzo con una manata. Ma, quel che più contava, i pedalò erano sempre arenati poco discosto dalla battigia.

Mentre il vento ci ululava nelle orecchie la sua monotona canzone, Tilla mi raccontava di come era riuscita a scovare l'indirizzo di Livia Quaglierini in un vecchio elenco telefonico trovato in un piccolo bar del paese. Accluso all'elenco c'era anche lo stradario di Lido Funesto, dal quale lei aveva strappato furtiva la pagina che ci interessava. Era entrata in quel bar casualmente e solo per bere un'aranciata, dopo che aveva passato due ore buone in un Internet Point a cercare un elenco online degli abitanti di Lido Funesto (lo smartphone di mio padre, infatti, era partito per la gita insieme a lui): l'impresa però si era rivelata impossibile, dato che, diciamocela tutta, Lido Funesto non è esattamente l'ombelico del mondo.

«Sei stata davvero in gamba» l'ho elogiata io.

Così dicendo, le ho mollato un'amichevole pacca sulla spalla. Tilla mi ha lanciato un'occhiata di delusione, come se si fosse aspettata da me un'altra reazione.

Non a caso l'ho vista prendere fiato e aprire bocca per dirmi qualcosa, solo che non ha fatto in tempo ad articolare parola. Infatti, proprio in quell'istante, ci è spuntato alle spalle il venditore di cocco, che ci ha chiesto: «Salve, ragazzi, dove andate di bello?».

«Da nessuna parte» ho risposto prontamente io. «Stiamo solo facendo tre passi».

Lui allora ha alzato il dito indice come per ammonirci: «L'importante è che rientriate prima di stasera. Si sta preparando una tempesta, lo sento nell'aria».

«Faremo i bravi» ha detto Tilla brandendo il guinzaglio di Morti. Infatti ci teneva a mostrargli come stavolta lei avesse rispettato le regole e il bastardello non fosse più a zampa libera.

Il Grande Puffo ha scoccato un'occhiataccia al cane e poi si è allontanato a grandi falcate, sospinto dalla gelida mano del vento.

Dopo un altro quarto d'ora di cammino, abbiamo finalmente avvistato, su un muretto che sfociava sul margine esterno della spiaggia, la targa di pietra con la scritta "Via della Conchiglia". Qualche passo ancora e ci siamo ritrovati davanti al villino della signora Quaglierini. Ci siamo fatti coraggio e abbiamo suonato il campanello, sperando che fosse in casa.

Non c'era un citofono e il cancello si è aperto subito senza problemi. Noi siamo scivolati in giardino e sulla soglia di casa è apparsa una signora alta e secca, con un rigido ventaglio di capelli grigi sulla testa che la rendeva somigliante a uno degli alieni del film *Mars Attacks!*

Io non le ho fatto neanche aprir bocca, ma le ho subito snocciolato la scusa che mi ero studiato: ovvero che stavo preparando una ricerca scolastica "per le vacanze" sulle leggende legate a un determinato luogo – Lido Funesto, appunto!

«Ho letto il suo commento su *L'Eco di Lido Funesto*» ho concluso «e così sono risalito a lei: penso che mi possa raccontare qualcosa a proposito delle superstizioni nate sull'Isola degli Annegati».

Per fortuna la marziana l'ha bevuta e, dopo averci

rivolto un sorriso cordiale, ci ha fatto entrare in casa, cane compreso. Qui ci ha fatto accomodare su un divanetto a fiori e ci ha offerto del tè freddo da una caraffa argentata. Quindi ci ha mostrato una foto di un uomo austero, dalla faccia rugosa e le basette grigie che quasi gli arrivavano agli angoli della bocca.

«Questo era mio fratello Nevio,» ha detto «che per vent'anni è stato guardiano del faro dell'isola. Aveva sacrificato tutto a quel lavoro: viveva chiuso in quella torre sul mare e non si era neanche mai sposato».

Tilla e io abbiamo spalancato bene i padiglioni auricolari. Ma la storia che lei ha riassunto in poche parole non differiva molto da quella già letta in rete e già sentita da Ross in merito al naufragio del peschereccio nel 1958: Nevio Quaglierini soffriva da tempo di depressione e la notte fatale della tempesta, a quanto pare, era talmente imbottito di psicofarmaci che aveva scordato di accendere la lampada di segnalazione del faro; la barca di pescatori, in balia delle onde e del buio totale, era andata a infrangersi proprio sulla scogliera dell'isolotto: ci avevano rimesso la vita ventitré persone.

«Ed ecco come è nata la leggenda dei Fantasmi degli Annegati» ha spiegato la Quaglierini «che nelle notti di tempesta tornano a infestare l'isola per vendicarsi del guardiano "distratto"».

Quest'ultima parola l'ha detta con tono di grande disprezzo. Siccome noi stavamo zitti, lei ha proseguito: «È una vergognosa superstizione, sapete, diffusa da gente maligna che ha voluto trascinare nel fango la mia famiglia. Mio fratello non era affatto distratto, anzi, aveva un grande senso del dovere: era solo malato e a un malato non si possono fare dei rimproveri...».

Io allora l'ho interrotta con una considerazione: «Ma suo fratello si sarà certo giustificato, avrà riportato le sue ragioni, dimostrando che nel momento dell'incidente non era del tutto lucido...».

A questo punto, però, è stata lei a interrompermi: «Nevio è scomparso la notte stessa del naufragio» ha detto in un tono che non ammetteva repliche. «I carabinieri lo hanno cercato in lungo e in largo, ma non è mai stato trovato, né vivo, né morto».

«Forse si è suicidato in mare subito dopo l'accaduto per via del senso di colpa» ha azzardato Tilla. «Voglio dire, se era depresso...»

La marziana ha scosso la testa aliena.

«Se così fosse stato, avrebbero dovuto trovare il suo corpo, come infatti è successo per le salme dei pescatori, che il mare poi ha restituito».

Era un altro intrigante mistero, su cui ho immediatamente cominciato a riflettere. Al solito, avevo bisogno di stringere fra i denti qualcosa per far lavorare il cervello. Così ho acchiappato il primo oggetto oblungo che ho trovato sottocchio, cioè sul tavolino del soggiorno, e ho preso a rosicchiarlo.

Il mio lavorio mentale ha prodotto la seguente banalissima domanda: «È stato perquisito il faro?».

La Quaglierini ha abbozzato un mezzo sorriso.

«Ovviamente» ha detto. «E anche a fondo. I carabinieri hanno messo sottosopra tutti i locali: cucina, camera e gabinetto, dabbasso; e sopra: ballatoio, lanterna e stanza dell'orologio...»

«Stanza dell'orologio?» ho chiesto io.

«È detto così il locale che dà accesso alla lanterna» ha spiegato lei.

Dallo stupore io ho sputato l'oggetto di bocca, scoprendo che era un bastoncino d'incenso, il che spiegava il suo sapore disgustoso. Ero sbigottito, perché ero sicuro di non aver visto quella stanza nella mia unica visita al faro.

La marziana intanto ha proseguito il suo discorso, dicendo che dentro il faro era tutto in ordine, né mancavano dagli effetti personali del fratello documenti e portafoglio. L'unica cosa mancante erano le sue pillole, che normalmente teneva sul comodino. Ma quelle avrebbe potuto averle anche in tasca al momento della sua scomparsa.

Tilla ha fatto l'ultima ipotesi: «E se avesse lasciato l'isola non visto? Avrà pur avuto un'imbarcazione per tornare alla terraferma!».

«Certo, aveva un canotto a motore» ha risposto la donna. «Ma anche quello è stato ritrovato ancorato al suo solito posto».

Io ho continuato a rosicchiare il bastoncino d'incenso, in preda a un turbine di pensieri. Dalla finestra del soggiorno vedevo intanto gli alberi del giardino piegati in due dal vento come steli di fiori.

Poi la sorella del guardiano ha ripreso a parlare della leggenda degli Annegati, che doveva essere d'interesse per la mia ricerca scolastica.

«È davvero uno scandalo» ha concluso «che una stupida fola abbia finito per far sì che l'isolotto Funesto (come un tempo si chiamava) venisse addirittura ribattezzato l'"Isola degli Annegati". Speriamo solo che il progetto dell'acquapark venga realizzato. Così, con l'abbattimento del faro, queste sciocche panzane cadranno presto nel dimenticatoio».

Tilla e io ci siamo scambiati uno sguardo d'intesa: se quelle erano davvero panzane oppure no lo avremmo forse scoperto quella sera stessa, nella nostra prossima missione.

XVI

Fantasmi nella burrasca

Dopo che siamo rientrati alla pensione, mi sono chiuso in camera e ho fatto un lavoretto d'idraulica in bagno. Per la precisione, ho fissato un grumo di chewing gum sotto la catenella dello sciacquone, all'altezza del serbatoio, in modo che restasse abbassata.

Poi ho chiamato la reception, chiedendo che mi mandassero qualcuno a riparare lo sciacquone, che non funzionava più. Stando a quel che mi aveva detto l'Acciuga, infatti, le riparazioni nelle camere venivano fatte da una persona apposita e io volevo appunto verificare chi fosse.

Dopo circa mezz'ora, durante la quale ho sfogliato il mio taccuino di appunti, ha bussato alla porta un vecchietto con una cassetta per attrezzi in mano.

Al di là del fatto che non avevo mai visto quel tipo in giro (lui stesso mi ha detto che aveva una bottega di riparazioni in paese), ho constatato che era troppo smilzo ed esile per riuscire a sollevare un armadio pesante come quello che c'era nella mia stanza.

Comunque fosse, il vecchietto aveva almeno naso: infatti ha notato subito che la corda dello sciacquone non era affatto rotta, ma solo bloccata. Quando ha scoperto che era per via di una pallina di gomma da masticare, mi ha chiesto se amavo fare scherzi. Allora io, con la faccia più sincera di questo mondo, ho giurato che non ne sapevo niente di niente e che non amavo né gli scherzi, né il *chewing gum*.

Lui ha sospirato, ha staccato la gomma e poi mi ha chiesto: «C'è mica qualche lampadina fulminata in questa stanza?».

«No, perché?» ho chiesto io a mia volta.

«Be', nel caso, avrei cambiato anche quella» ha risposto. «L'addetto alle pulizie incarica sempre me di farlo, dato che lui ha paura di salire sulla scala».

Buono a sapersi: quindi, a parte l'Acciuga e quel vecchietto, restava solo un terzo indiziato possibile per il sabotaggio del mio armadio e cioè la persona incaricata di rifornire il frigobar.

In quel momento però non mi sembrava il caso di chiamare di nuovo la reception per far venire qualcuno a riempire il frigo. Sarebbe stata la terza chiamata dopo quella della mattina (quando avevo inscenato la finta dello scarafaggio nel letto), perciò ho rimandato la cosa a un momento più propizio.

Dopo che il vecchietto se n'è andato, ho iniziato a prepararmi per la cena. Confesso che, mentre facevo la doccia, non avevo altro pensiero in testa che quello di rivedere, di lì a poco, Girasole in sala da pranzo. Così, invece di concentrarmi sulla seconda e imminente visita all'Isola degli Annegati, ho passato una mezz'ora allo specchio a modellarmi i capelli col gel. Cercavo infatti di assomigliare il più possibile a quei bellimbusti muscolosi con cui in genere escono le modelle.

Frattanto, frugavo anche nella mia mente alla ricerca di una frase a effetto con cui impressionare la bellissima Naomi. Pensavo a un complimento tipo: "Stasera sei stupenda: sembri proprio una Bond girl! Posso essere il tuo 007?".

Ma proprio mentre così rimuginavo, ho sentito delle voci concitate gridare nella stanza accanto. Maretta fra i fidanzatini!

In tre salti ho raggiunto la parete e, come ormai era mia consuetudine, ci ho appiccicato l'orecchio. Esattamente nello stesso istante, Faccia Quadra stava urlando a Girasole.

«Non esiste! Abbiamo praticamente programmato questa vacanza apposta per questa serata e tu ora dici che non vuoi venire!»

«Non è che non voglio, non posso!» ha gridato lei. «Ho un'emicrania bestiale, non vedo l'ora di cacciarmi a letto...»

«E che ci faccio io da solo alla gara di tango di fine estate?»

«Troverai sicuramente un'altra compagna che balli con te! Se vincete la coppa, non rimpiangerai i soldi del biglietto d'iscrizione!»

A questo punto ho sentito un rumore imprecisato, come se uno dei due (immagino Faccia Quadra) avesse mollato un calcio a un mobile o a una sedia. Poi un urlo soffocato, come se uno dei due (immagino e spero Faccia Quadra) si fosse pure fatto un male boia.

E alla fine, ho sentito le seguenti parole del fidanzato infuriato: «E va bene, ci vado da solo! Mi auguro di trovare finalmente la donna della mia vita!».

Risata di Girasole, che, mentre lui apriva la porta della loro stanza, ha aggiunto: «Be', divertiti. Io ho un tale mal di testa che vado a letto difilato e salto anche la cena».

Quest'ultima frase ha spento la mia euforia come il getto di un idrante un fuocherello appena divampato.

Porchissimo cane, proprio adesso che era momentaneamente single, la mia Bond girl disertava la cena!

Ero davvero abbacchiato, anche se, come potevo vedere dalla finestra, il Quadratone stava giusto lasciando la pensione a passo di bersagliere.

Ora ricordavo che Gina, la prima volta che avevo messo piede al *Bagno Veliero,* mi aveva parlato di una gara di tango di fama nazionale che si teneva a Lido Funesto. Evidentemente, Girasole e compagno erano appassionati di ballo e si erano iscritti anticipatamente a quella gara, che si teneva giusto quella sera. Be', io Faccia Quadra l'avrei visto più su un ring a fare il pugile, che non su una pista da ballo a far volteggiare una ragazza leggiadra come Naomi!

Restava il fatto che ero proprio sfortunato: la ragazza dei miei sogni era appena a mezzo metro da me, oltre la parete, sola soletta, senza che io potessi farci niente...

Un attimo... Forse invece qualcosa potevo fare! In fondo ci conoscevamo già e fra noi c'era una certa confidenza.

In men che non si dica, ho mandato un sms a Tilla. *Ci vediamo direttamente in spiaggia alle h 22. Ho un disturbo di stomaco e nn vengo a cena. Salutami i gitanti (i miei) :)*

Onestamente, mi sono sentito un verme integrale

quando Tilla mi ha proposto, in un messaggino di risposta, di venire a mangiare un panino in camera mia per farmi compagnia. Infatti ho dovuto rifiutare sparando un'altra balla, e cioè che preferivo fare un pisolino per affrontare la grande avventura fresco e riposato.

Ho scordato però il mio senso di colpa non appena ho bussato timidamente alla porta della stanza numero 15 – quella di Girasole.

Speravo di non essere inopportuno e di non costringerla ad alzarsi dal letto e a mettersi una vestaglia per venirmi ad aprire la porta. Quando però lei è comparsa sulla soglia, era vestita di tutto punto e aveva un rossetto in mano, come se si stesse truccando.

«Jerry, che sorpresa!» mi ha salutato con un enorme sorriso.

«Ciao, Naomi» le ho detto. «Mi chiedevo perché non fossi scesa a cena e se ti sentissi bene».

«Be', in effetti ho un cerchio alla testa» ha mormorato lei con l'aria di qualcuno che si è ricordato improvvisamente di qualcosa. «Perciò ho deciso di stare leggera stasera».

Qui ho messo in atto il mio piano e ho detto: «Combinazione! Anch'io non sono al massimo della forma e non ho per niente appetito...».

Lei ha assunto un'espressione furbetta.

«Non ti va neanche una nocciolina?» ha chiesto.

«Una nocciolina?» ho risposto io confuso.

«Ne ho trovato un sacchetto nel frigobar e se vuoi facciamo a metà, da bravi bambini...»

Detto fatto: un secondo dopo, ero in camera sua

a sgranocchiare noccioline seduto sul suo letto. Sulle prime sono rimasto lì impalato come un baccalà, mentre lei mi parlava a raffica del potere energetico di noci e noccioline. Ma poi, a poco a poco, mi sono sciolto. Anche perché Girasole ha proposto di fare un gioco e cioè di provare a centrare con una nocciolina la bocca aperta dell'altro.

Così abbiamo cominciato a tirarci noccioline a vicenda, ridendo come matti. Finché, a un certo punto, Naomi ha detto: «E ora chiudi gli occhi!».

Io ho obbedito e, un secondo dopo, lei, anziché una nocciolina, mi ha dato un bacetto. Ho avvertito una specie di scossa elettrica ad alto voltaggio: ho fatto un sobbalzo, il cuore mi è esploso in petto e mi è venuta la pelle d'oca dappertutto. Ho spalancato gli occhi e l'ho vista avvicinare di nuovo il suo meraviglioso viso al mio, dopodiché... è squillato il suo cellulare.

Naomi l'ha agguantato e ha risposto: «Va bene... Okay... A dopo!».

Faccia Quadra l'aveva convinta ad andare alla gara di tango?

«Non sarebbe meglio prendere il patino anziché il pedalò?» ha suggerito Tilla non appena ci siamo ritrovati davanti al *Bagno Veliero.* «Non so se con questi cavalloni il pedalò sia così sicuro...»

In effetti il mare era forza otto e il vento ululava sinistro come un lupo mannaro. Sulla spiaggia non c'era un'anima, a parte noi due e uno strano quadrupede frutto dell'incrocio fra la razza canina e quella suina.

Ho preso una decisione al volo.

«Okay, vada per il patino» ho detto risoluto. «Anche se sono più bravo coi pedali che coi remi!»

Così abbiamo spinto il patino sulla battigia e l'abbiamo immerso in mare. Poi, quando l'acqua ha cominciato a lambirci le ginocchia, ci siamo saltati sopra (Tilla con Morti in braccio) e abbiamo preso a remare.

Sulle prime abbiamo avuto seri problemi ad allontanarci dalla riva. Le onde ci sbattevano qua e là e la fortissima corrente ci sospingeva inevitabilmente verso la spiaggia. Allora ho cominciato a vogare energicamente controcorrente e Tilla mi ha subito imitato.

Finalmente, il patino ha cominciato ad allontanarsi verso il mare aperto, cavalcando selvaggiamente le onde. In effetti, più che su un natante, sembrava di essere sul vagoncino di un ottovolante. Schizzi d'acqua e spruzzi di schiuma arrivavano da ogni parte, per cui ho tirato su cappuccio e bavero della giacca a vento, strizzando gli occhi.

Ogni tanto controllavo con la mano che lo zaino con dentro i miei attrezzi del mestiere fosse sempre assicurato sulle spalle. Il mare infuriato, infatti, mi dava l'impressione di potermelo strappare di dosso in ogni istante.

Per parte sua Tilla, fin dall'inizio della traversata, si era infilata Morti dentro l'ampia giacca a vento, richiudendo la zip poco sotto la gola del bastardello. La testa porcina, quindi, spuntava sotto la sua con un effetto a dir poco comico: quello di un ridicolo mostro a due teste.

Fra Tilla e me c'era una certa tensione, non so dire se per la rischiosa impresa nella quale stavamo per metterci o per l'altra cosa che era successa (alludo alla mia assenza a cena). Non ero sicuro, infatti, che lei avesse bevuto le mie balle circa il disturbo di stomaco, che non mi ero più preoccupato di nominare quando ci eravamo incontrati sulla spiaggia.

Ero troppo sconvolto per gli eventi della serata. Dopo avermi fatto intravedere il paradiso, Girasole mi aveva piantato in asso con un sacchetto vuoto di noccioline in mano. Se n'era andata via subito dopo la telefonata misteriosa, adducendo come scusa che doveva vedere urgentemente una persona. E io, sedotto e abbandonato, non potevo fare a meno di ripensare, ogni singolo istante, a quel bacetto furtivo.

Immerso nelle mie pene d'amore, me ne stavo curvo sul remo, le labbra ben serrate per evitare di inghiottire acqua salata. Non avevo rivolto che qualche frase distratta a Tilla, né mi preoccupavo minimamente di quel che pensasse. Eppure ero stato io a coinvolgerla in quell'avventura.

Del resto, anche lei era stata di poche parole quella sera: si era limitata a dirmi che aveva cenato insieme ai miei, i quali a tavola non avevano fatto altro che parlare della fantastica escursione. Svagati dalla gita, non avevano dato molta importanza alla mia assenza. A ogni buon conto, Tilla aveva riferito loro che ero indisposto e che perciò ero già andato a dormire. La mia saggia amica voleva evitare, infatti, che dopo cena piombassero in camera mia per augurarmi la buonanotte, scoprendo così che mancavo all'appello.

A un tratto un'ondata particolarmente irruente mi ha quasi scaraventato in acqua. Tilla non ha esitato a slanciarsi verso di me, afferrandomi saldamente per un braccio.

«Grazie!» le ho gridato io.

In quel momento è balenata in cielo una saetta, che ha illuminato la faccia pallidissima della mia amica. Poi è risuonato un tuono fragoroso. Morti si è messo a uggiolare impaurito, mentre una pioggia a scroscio ha cominciato a cadere impietosa sulle nostre teste. I lampi hanno preso a susseguirsi rapidi come in uno spettacolo di fuochi d'artificio. Mi sono tornate in mente le parole del venditore di cocco, che ci aveva messo in guardia dalla tempesta che si stava preparando. Ormai però era troppo tardi per tornare indietro: la luna piena, velata dalla nuvolaglia temporalesca, mostrava che l'Isola degli Annegati era vicinissima.

«Prepariamoci all'approdo!» ho gridato.

Allora ho saggiato il fondale con la punta del remo e, constatando che il livello dell'acqua si stava abbassando, sono saltato giù dal patino e ho cercato di trascinarlo verso la riva, aggrappandomi a uno dei due galleggianti. Purtroppo però mi è sfuggita la presa. Per un attimo ho temuto che il patino si allontanasse verso il largo con Tilla e Morti a bordo, lasciandomi lì solo.

Ma Tilla ha agguantato anche l'altro remo, quello che avevo manovrato io, che era rimasto legato allo scalmo. Così, vogando come una pazza, è riuscita a vincere la corrente e a dirigere il patino verso la riva. Alla fine lo abbiamo trascinato sulla spiaggia, diversi metri lontano dalla battigia, per evitare che il mare inferocito se lo riprendesse. Poi ci siamo buttati stremati sulla rena bagnata.

Eravamo senza fiato, nonché fradici dalla testa ai

piedi. Pioveva sempre a rovesci, mentre continuava il festino di tuoni e fulmini.

Tilla mi ha rivolto uno sguardo smarrito: «Che siamo venuti a fare qui?».

Era la prima volta in vita mia che la vedevo così indifesa. Difficile risponderle: forse avevo preso un abbaglio, forse il messaggio del bambolotto non si riferiva affatto alla scogliera dell'isolotto. Di fatto, quell'isola sembrava più sinistra e desolata del solito.

Tutto quel che sono riuscito a balbettare è stato: «Il faro...».

Così, quasi in sincronia, ci siamo voltati a guardare il rudere alle nostre spalle: in mezzo all'imperversare della burrasca, il faro spento sembrava un guerriero sull'attenti, in attesa del segnale della battaglia, cupo e presago di non so quale atroce destino.

Ma dopo qualche istante, fra la pioggia battente, abbiamo visto anche qualcos'altro: sparpagliati intorno alla torre, tanti minuscoli puntini di luce rossa, che danzavano sinistri alla luce della luna: dietro di loro, sagome grigie e indistinte, infagottate e incappucciate, che si muovevano furtivamente.

I Fantasmi degli Annegati!

XVII

Minaccia dall'oltretomba

L'agghiacciante visione mi ha provocato una specie di paralisi totale. So che il panico può giocare brutti scherzi, ma un conto è immaginarlo, un conto è provarlo. In pratica sono rimasto inchiodato al suolo, incapace di muovere un solo muscolo, lingua compresa. Eppure avrei voluto gridare e così trovare uno sfogo: invece non riuscivo nemmeno ad aprire bocca, come in quegli incubi in cui vorresti urlare per chiedere aiuto, ma non puoi articolare suono.

Nella mia mente si affollavano pensieri confusi, fra i quali anche il ricordo di situazioni simili già vissute nella precedente avventura al cimitero di Ca' Desolo. Anche allora ero rimasto "senza voce" di fronte a un orrore inspiegabile.

Il momento presente, però, è sempre quello peggiore, perché non è dato sapere il finale (leggi: se uno se la caverà o no). E francamente, in quella situazione, c'era proprio da dubitare in un happy end.

Dopo lunghi istanti di terrore che a me sono parsi un'eternità, Tilla, che era appiattita accanto a me sulla spiaggia, mi ha chiesto sottovoce che cosa pensassi della faccenda. Non ottenendo nessuna risposta, ha ripetuto la domanda un altro paio di volte. E siccome io continuavo a fare il pesce muto (paragone adatto al luogo in cui ci trovavamo), lei mi ha mollato uno sganassone sulla testa.

All'improvviso ho ritrovato l'uso della parola.

«Ahia!» ho urlato.

«Scusa, Jerry, ma mi sembravi morto!» ha replicato lei. Un istante dopo ha aggiunto: «Allora, che te ne pare di quei fantasmi? A me sembrano un po' taroccati!».

«Che vuoi dire?» ho chiesto io con un filo di voce.

«Guardali bene: così, da lontano, non sembrano vestiti come pescatori degli anni Cinquanta!» ha bisbigliato lei, restando voltata a fissare l'orrida scena.

Io ho replicato invelenito: «Perché, secondo te, come sarebbero vestiti dei pescatori d'epoca?».

«Be', non certo con piumini e bomber» ha detto lei. «Sono sicura che un paio di loro ha addosso roba firmata. Se fossi in te, darei una sbirciatina meglio col binocolo».

Come faceva la mia amica a restare lucida in ogni situazione? Com'è che la paura non aveva mai la meglio su di lei?

In quel momento la mia ammirazione per Tilla era davvero sconfinata. Ma, purtroppo, restava sconfinato anche il mio terrore.

«Non ci penso nemmeno» ho bisbigliato stizzito.

«Andiamo, Jerry!» ha esclamato Tilla. «Non mi dirai adesso che credi ai fantasmi!»

Eccome, se solo avessi potuto dirglielo! Mi seccava però fare la figura del fifone, così ho replicato: «Certo che no, ma, come vedi, il venditore di cocco ci aveva detto il vero: torna anche il particolare delle candele accese!».

Tilla mi ha risposto risentita: «Il venditore di cocco è stato preso alla sprovvista: non è un detective e, soprattutto, non aveva un binocolo con sé!».

Detto questo, si è aperta la zip della giacca e ha tirato fuori Morti, che da quanto era bagnato e smarrito sembrava un pulcino col grugno porcino. Quindi, tenendolo al guinzaglio, è strisciata cautamente verso di me, che me ne stavo ancora steso sulla pancia, e mi ha aperto lo zaino sulle spalle. Poi, mormorando un: «Uff, lascia fare a me!», ha estratto il binocolo e se l'è portato agli occhi.

Io, anziché volgere lo sguardo nella direzione in cui l'aveva puntato (e cioè dietro di noi), mi sono limitato a scrutare la sua faccia. L'ho vista mordersi il labbro decisa e poi assumere un'espressione di rabbiosa delusione.

«Miseria!» ha detto. «Abbiamo perso troppo tempo: sono scomparsi!»

Il sangue mi si è gelato nelle vene per la seconda volta.

«Scomparsi!» ho esclamato in una specie di guaito degno di Morti. «Lo vedi che sono fantasmi sul serio?»

Quest'ultima frase avrei fatto bene a tenerla per me, perché rivelava in pieno quanto fossi credulone. Tilla infatti mi ha scoccato un'occhiata beffarda, dopodiché ha aggiunto: «Non ho detto che si sono dissolti nel nulla. Anzi, l'unica ipotesi probabile è che si siano rifugiati dentro il faro...».

«Porcaccio cane, certo che sono entrati nel faro, ma solo per far la festa al guardiano!» ho esclamato io al colmo della paura.

E qui Tilla si è veramente arrabbiata. Col senno di poi devo ammettere che aveva ragione da vendere. In quel momento però, in mezzo alla burrasca e con l'immagine degli Annegati ancora fresca in mente, la vedevo diversamente.

«Insomma, Jerry, ora basta!» ha gridato. «Stai perdendo il senno e, soprattutto, stai scordando che siamo qui per risolvere un mistero. Evidentemente il messaggio del bambolotto era giusto: c'è davvero una riunione di gente su quest'isola, ma secondo me è gente viva che sta facendo qualcosa di losco. Il guardiano e i pescatori sono morti da più di mezzo secolo: pace all'anima loro!»

Detto questo, mi ha girato le spalle e, tenendo Morti al guinzaglio, si è avviata cautamente carponi verso il faro.

«Dove vai?» le ho sussurrato angosciato.

«A dare un'occhiata da vicino al faro» ha risposto lei.

«Non vorrai lasciarmi qui da solo!» l'ho implorata.

Lei mi ha risposto in tono di sfida: «È quello che sto appunto facendo, Sherlock!».

Quel nome, pronunciato come un insulto, mi ha fatto vergognare di me stesso. Non avrei davvero potuto più paragonarmi al mio grande idolo, se non avessi portato a termine quella missione. Questo pensiero, unitamente alla strizza di restare lì da solo in balia di altre eventuali apparizioni, mi ha fatto decidere a seguirla.

Così, camminando a quattro zampe come il bastardello che ci accompagnava, siamo arrivati alla malefica torre circolare, nodo cruciale e ricettacolo del grande mistero che dovevamo risolvere.

In prossimità dell'entrata del faro, ho sussurrato a Tilla: «Che facciamo, entriamo?».

Mi rivolgevo a lei come un bambino pauroso alla sua mamma.

Lei ha annuito con la testa, facendo cenno però di tacere e di fare attenzione. Poi ha acchiappato Morti, se l'è preso fra le braccia e si è alzata lentamente in piedi, varcando il tappeto di muschio che precedeva l'ingresso.

Stavo appunto per alzarmi in piedi anch'io che la mia mano, affondata nella sabbia bagnata, ha urtato contro qualcosa di metallico, che ho prontamente stretto fra le dita. Ho raccolto un oggetto sfavillante, che ha immediatamente risvegliato in me passione e stupore. Ma quello non era il momento per fare congetture, così l'ho semplicemente cacciato in tasca.

Intanto Tilla era già nell'atrio circolare del faro e, dopo qualche istante, l'ho raggiunta in punta di piedi. Ritrovarsi al chiuso mi ha fatto una strana impressione: strana perché, da una parte, era davvero un sollievo essere finalmente al riparo dalla furia degli elementi; dall'altra, però, era terrificante sapere che eravamo nella tana del lupo e che, da un momento all'altro, un truce spettro, assetato di vendetta, avrebbe potuto sbucare da dietro una porta.

Per il momento, tuttavia, il faro sembrava deserto e

abbandonato come al solito: l'unico rumore che si sentiva, dall'interno, era il tamburellare incessante della pioggia, l'ululato del vento e l'occasionale rombo di qualche tuono.

Intorno però era buio pesto e così Tilla ha appoggiato Morti per terra, mi ha frugato rapidamente nello zaino e ha tirato fuori la torcia elettrica. L'ha accesa e si è avvicinata con circospezione a una delle tre porte che si affacciavano sull'ingresso, porgendo l'orecchio. Siccome era socchiusa, l'ha spinta delicatamente col dito indice: la porta ha leggermente cigolato e si è aperta sulla malconcia cucina che avevo già visto nella mia precedente visita al faro.

La stanza era vuota e appariva nello stesso identico stato in cui l'avevo trovata io.

Tilla ha ripetuto la procedura anche con le altre due stanze, e cioè il gabinetto e la camera da letto, per le quali ho potuto fare la stessa constatazione: non c'era traccia del passaggio di altre persone e tantomeno di un gruppo di gente che, a sentire Tilla (che aveva avuto modo di osservarli più a lungo del sottoscritto), potevano essere all'incirca una trentina.

«Be', non ci resta che salire di sopra!» ha bisbigliato la mia amica.

«Ma sono trecentoquarantadue scalini!» ho bisbigliato io di rimando.

A dirla tutta, più della faticosa salita, mi preoccupava il fatto di venire colto in flagrante dai fantasmi in quella angosciosa scala a chiocciola. Nell'atrio, infatti, mi pareva di avere più scampo, potendo all'occorrenza precipitarmi verso l'uscita.

Tilla ha alzato le spalle e ha diretto il cono di luce della torcia verso la scala.

«Avanti!» ha bisbigliato. Così, seguita dal botoletto canino, ha cominciato a inerpicarsi su per i gradini. Io l'ho imitata a malincuore.

La scala era talmente stretta che si poteva procedere solo una alla volta e, di conseguenza, a me non arrivava la luce della torcia. Perciò ho tirato fuori il mio cellulare di tasca e ho acceso il display per illuminare ogni scalino che mi sovrastava.

Mentre salivamo, si udivano strani scricchiolii da ogni parte: era come se il vento stesse scrollando l'intera torre con le sue possenti braccia e minacciasse di volerla abbattere da un momento all'altro.

Nella lunghissima ascesa, mi sono chiesto più volte in che razza di guaio ci fossimo cacciati e perché, a quell'ora, non mi trovavo al sicuro fra le pareti della mia calda camera, sotto le coltri del mio letto a baldacchino. Ma poi ho pensato che la mia camera, la numero 13 della *Pensione Ombretta*, non era ormai affatto sicura per me, come aveva dimostrato l'incidente dell'armadio. Questo mi ha convinto che l'unica cosa da fare, in quel momento, era stringere i denti e tentare di risolvere il caso.

Finalmente siamo arrivati in cima: per la precisione, prima Morti, poi Tilla e quindi io. Giunti sul ballatoio, una raffica gelata di vento ci ha respinti indietro, mentre la pioggia ci ha investito con una tale violenza da far pensare a un gavettone tiratoci addosso dagli spettri per dispetto.

La mia impavida amica ha fatto di corsa il giro del

ballatoio, mentre io mi sono affacciato dalla balaustra, inforcando il binocolo. La vista della tempesta, da lassù, era impressionante: i cavalloni del mare, orlati di spuma, sembravano ghigni minacciosi di mostri oscuri; la scogliera, frustata dalla pioggia, aveva un aspetto ancor più sinistro, priva com'era dei suoi abitanti, i corvi, che se ne stavano sicuramente al riparo nei loro nidi. Nessuna imbarcazione in vista, a parte la luce lontanissima di una nave all'orizzonte.

Per il resto, l'isolotto era deserto e non c'era ombra di fantasmi o gentaglia di sorta. L'unica traccia umana era il patino di salvataggio, che se ne stava appoggiato di sbieco sulla spiaggia.

Di ritorno dalla sua veloce ispezione, Tilla ha fatto rapporto: «Sul ballatoio ci siamo solo noi».

«Idem per l'isola» ho replicato io. «Nessun essere vivente in vista, nemmeno un corvo!»

Tilla si è appoggiata con le braccia alla ringhiera del terrazzo.

«Che fine ha fatto quella gente?» ha chiesto perplessa.

«Preferisco non pensarci» ho mormorato io.

Infatti l'unica spiegazione ammissibile era che non ci fosse affatto una spiegazione, cioè che quelli fossero fantasmi doc.

Tilla si è staccata dalla ringhiera ed è rientrata nel vano delle scale, seguita dal trotterellante Morti. Io le ho tenuto dietro ma, prima di riattaccare la discesa, mi è tornata in mente la stanza dell'orologio di cui aveva parlato Livia Quaglierini. Stando a quel che aveva detto, questa era la sala d'accesso alla lanterna. Così ho lasciato scendere Tilla per prima e mi sono guardato intorno.

Sul piccolo vano delle scale non si vedevano porte, ma era anche vero che non mi ero preoccupato di cercarle. Forse perché, dopo quell'arrampicata quasi eterna per quella angusta scala, l'unica cosa che mi premeva era sbucare all'aria aperta, cioè sul terrazzo.

Stavolta però volevo fare la debita attenzione: così, tenendo il cellulare avanti, ho iniziato a tastare il muro circolare palmo a palmo. Improvvisamente, ho sentito uno scatto e allora, con mia somma meraviglia, ho visto aprirsi davanti a me una piccola porta in muratura. In pratica, era solo un modesto riquadro tagliato dentro il muro, senza maniglia, né cardini visibili, per cui ecco spiegato perché non l'avessi notata.

La curiosità ha sopraffatto la paura e così l'ho spinta deciso e sono entrato. Malgrado fosse buio, alla fioca luce del display del mio telefonino ho potuto comunque constatare che non si trattava di una stanza vera e propria, ma piuttosto di una nicchia, dalla quale si snodavano altri stretti gradini che portavano alla lanterna. Diciamo che ci sarebbero entrate a malapena due persone, figuriamoci una trentina!

C'erano ragnatele dappertutto e un vetusto quadro comandi che doveva regolare l'accensione della lampada del faro. Con un brivido, ho pensato a quella sera invernale del lontano 1958, nella quale Nevio Quaglierini aveva dimenticato di entrare in quella sala e di premere l'interruttore fatale.

Scacciando quel pensiero, ho percorso gli ultimi scalini e mi sono ritrovato dentro la lanterna. Ho ispezionato anche quella per eccesso di scrupolo, dato che, se veramente gli Annegati si fossero nascosti lì, li avremmo comunque visti dal terrazzo attraverso la campana di vetro.

Soddisfatto del mio coraggio, sono tornato sul vano delle scale e ho iniziato la lunga discesa. Tilla doveva già essere arrivata dabbasso e così mi sono affrettato, facendo le scale a precipizio.

Tilla mi aspettava seduta sull'ultimo gradino, con Morti accucciato ai suoi piedi. Ormai non si preoccupava più di parlare a bassa voce.

«È davvero un grosso mistero» ha detto. «Non capisco come abbiano fatto a volatilizzarsi in quel modo».

Allora io le ho raccontato della stanza dell'orologio e di come neanche quella potesse fornirci una spiegazione.

«A questo punto direi che possiamo anche tornare alla base» ho concluso.

Infatti cominciavo ad avvertire una stanchezza micidiale, una specie di torpore (leggi: sonno, vista anche la tarda ora) misto a crampi intermittenti alle gambe, dovuti sicuramente alla interminabile arrampicata.

«Dovremo comunque fare un altro sopralluogo» ha suggerito Tilla. «Magari di giorno e alla luce del sole».

Poi ha fatto uno sbadiglio, ha dato uno strattone al guinzaglio di Morti e si è alzata in piedi. Scordando ogni cautela, siamo usciti frastornati nella tempesta.

Io non vedevo l'ora di arrivare al patino, ma Morti si è fermato sulla soglia del faro e si è messo a fiutare per terra, precisamente sul tappeto di muschio, come un maiale da tartufo.

Tilla ha cominciato a tirarlo per il guinzaglio, ma lui non ne voleva sapere di schiodarsi da lì. Si era impuntato come un somaro e non c'era verso di portarlo via. Fosse stato per me, gli avrei allungato volentieri una pedata, ma poi avrei dovuto vedermela con la sua padroncina. Sinceramente ero troppo sfinito per mettermi anche a litigare.

Tilla ha cominciato a urlare e a pestare i piedi, tanto per convincerlo. Lui però ha iniziato a raspare con le zampe, sempre tenendo il naso incollato al suolo.

D'un tratto ha fatto un salto all'indietro.

Nel contempo Tilla e io abbiamo sentito una voce cavernosa, proveniente come dall'oltretomba, tuonare: «Andatevene subito o morirete come noi: annegati fra le braccia del mare!».

XVIII

Un'ombra in agguato

La mia stanchezza è svanita come per incanto. Ho cominciato a correre a gambe levate, infischiandomene anche dei crampi. Tilla e Morti stentavano a tenermi dietro, mentre io, con stacco da centometrista, raggiungevo il patino e iniziavo a spingerlo verso il mare.

Per fortuna stavolta il mio attacco di panico non mi aveva immobilizzato, anzi, mi aveva messo le ali ai piedi; e per fortuna la mia amica non ha tentato di trattenermi, ma, saggiamente, si è avventata sul patino e mi ha aiutato nell'impresa.

Non appena il natante ha cominciato a galleggiare fra le onde, sono saltato a bordo con una destrezza degna del capitano Achab. Quindi ho allungato una mano a Tilla e ho issato lei e Morti alla velocità della luce. Infine ho acchiappato il mio remo e ho preso a pagaiare selvaggiamente.

I cavalloni oceanici, i rovesci d'acqua, le saette che solcavano il cielo notturno erano quasi rassicuranti rispetto a quello che avevamo appena vissuto. Infatti si trattava di fenomeni naturali, che rispondevano a leggi fisiche pienamente comprensibili.

Ma che dire invece di un'apparizione-sparizione di

spettri che facevano sentire la loro minacciosa voce nella tempesta?

Come già nella traversata di andata, anche in quella di ritorno Tilla e io ci siamo a malapena scambiati una parola. Eravamo troppo impegnati a lottare contro le onde e a non essere scaraventati in acqua per poter fare conversazione. La corrente però ci era favorevole e così siamo arrivati a riva in un tempo sicuramente inferiore rispetto a quello che avevamo impiegato per approdare sull'isola.

Stremati dallo sforzo, abbiamo riportato il patino davanti al *Bagno Veliero*, là dove lo avevamo trovato, e ci siamo avviati verso la pensione.

Tilla camminava muta davanti a me, i capelli fradici appiccicati alla testa e l'andatura di una sonnambula. Morti si trascinava lentamente su quei mozziconi di zampe, barcollando come un porcello ubriaco. Quanto a me, ero bagnato fin nelle mutande e cominciavo a non reggermi più sulle ginocchia. Di certo ora gli spettri degli Annegati sembravamo noi!

A un certo punto, Tilla si è voltata e ha rotto quel lungo silenzio: «Malgrado tutto quello che è successo, continuo a non credere che quelli siano fantasmi» ha mormorato.

«Non lo credevi nemmeno quando hai tagliato la corda come un'invasata mezz'ora fa?» le ho chiesto io in tono polemico.

Non so perché in quel momento fossi urtato con lei, ma credo che un po' mi bruciasse aver fatto la figura del fifone. In tutta quella vicenda, infatti, Tilla non aveva mai perso completamente la bussola. C'era poi un'altra segreta angoscia che mi rodeva e che sul momento non volevo ammettere neanche a me stesso.

Tilla ha fatto un sospiro.

«Se sono scappata» ha spiegato «è perché abbiamo pur sempre ricevuto una minaccia di morte. Eppure sono convinta che abbiamo a che fare con persone in carne e ossa e non con spiriti dell'aldilà».

Io mi sono limitato ad annuire, senza risponderle. Ma una vocetta interiore mi diceva che aveva ragione e che, se solo avessi cominciato a far funzionare il cervello, ne avrei avuto presto conferma.

Finalmente, giunti nella reception della *Pensione Ombretta*, ci siamo augurati la buonanotte e siamo saliti verso le nostre stanze. Mancava un quarto all'una e l'intero hotel era immerso nel sonno.

Entrato in camera, ho acceso la luce e ho estratto di tasca l'oggetto che avevo trovato vicino all'ingresso del faro. Non c'erano dubbi: era proprio suo! E sotto c'era appiccicato un mozzicone di sigaretta cui lì per lì non ho fatto caso, tanto infatti era il mio triste sconcerto per quella scoperta.

Mi è venuto un nodo in gola e quasi mi sarei messo a piangere dalla disperazione. Non poteva essere vero, forse si trattava di un fraintendimento... Ma poi ho ripensato ad altre inequivocabili coincidenze e tutto quadrava.

Con gesti meccanici da automa, ho cominciato a spogliarmi, buttando i vestiti sul pavimento. Avrei fatto una doccia calda, mi sarei ritemprato e allora mi si sarebbero anche schiarite le idee.

E poi, chi mi impediva di far sparire quella prova?

Chi mi impediva di far finta di non saperne niente e di tenere lei fuori dalla faccenda? Non sarebbe stato difficile, visto che Tilla non mi aveva visto raccogliere l'oggetto, né sapeva nulla di quanto avevo origliato dalla mia camera.

Tuttavia non mi era possibile: ero un detective, avevo un dovere da compiere e non potevo aver riguardi per nessuno – nemmeno per la ragazza che ultimamente aveva stregato il mio cuore.

Amareggiato e deluso, ho sferrato un calcio al mucchietto di panni fradici che avevo scagliato per terra. Poi, nudo come un verme, sono andato dritto allo scaldavivande, ho aperto lo sportello e ho infilato dentro la prova più dolorosa che avessi mai trovato in tutta la mia carriera di investigatore. Svuotato lo zaino, ho poi riposto lì dentro anche gli attrezzi del mestiere.

Siccome il vano dello scaldavivande cominciava a essere un po' troppo pieno, ho tolto di lì la bomboletta d'insetticida che mi aveva dato l'Acciuga per fare la festa al dottor Watson. Quindi, reggendola in mano, mi sono diretto in bagno, con l'intenzione di riporla da qualche altra parte. Ricordo di aver pensato confusamente che il posto più sicuro poteva essere sopra il serbatoio dello sciacquone: infatti era abbastanza in alto perché l'addetto alle pulizie, cioè l'Acciuga, se ne tenesse alla larga, dato il suo terrore dell'altezza.

Auguravo lunga vita al dottor Watson...

L'istante in cui ho avuto questo pensiero affettuoso per il mio collaboratore scarafaggio, ho acceso la luce del bagno e ho visto un'ombra nera dietro la tenda della doccia.

Non ho riflettuto se fosse uomo o fantasma: era una sagoma immobile e scura, acquattata contro la parete, e non avrebbe dovuto esserci.

Ho agito d'istinto: con gesto brusco e deciso, ho scostato la tenda di plastica, ho puntato la bomboletta che avevo ancora in mano contro gli occhi dello sconosciuto e ho premuto il "grilletto", cioè l'erogatore. L'effetto è stato immediato: il criminale ha mandato un urlo micidiale, coprendosi gli occhi con le mani, e si è rannicchiato su se stesso, proprio come uno scarafaggio schiacciato al suolo dal tacco di una scarpa (spero che il dottor Watson mi perdoni questo tristo paragone).

In quel momento ho realizzato che aveva un passamontagna di lana in testa, con una finestrella che lasciava scoperti solo gli occhi, e un manganello di gomma infilato nella cintola.

E qui ho fatto un errore madornale: invece di approfittare del temporaneo stordimento del mio avversario per chiuderlo a chiave in bagno, sono fuggito in camera con l'intenzione di chiamare gli sbir... ehm, cioè, la polizia col mio cellulare.

Purtroppo non ricordavo che il mio cellulare non era più nello zaino, ma nella tasca della giacca a vento, perché l'avevo usato per far luce dentro il faro. Così, mentre rovistavo affannosamente nello zaino, lo sconosciuto è uscito a tentoni dal bagno brandendo il manganello e menando a casaccio colpi in aria. Evidentemente era ancora cieco, come dimostrava il fatto che sbatteva gli occhi in continuazione.

Io intanto, non trovando niente nello zaino, mi ero precipitato verso il comodino, per usare il telefono fisso. Infatti non volevo proprio trovarmi a tu per tu con quel criminale e cioè alla portata del suo manganello.

Ma ancor prima che potessi formare il numero della polizia, lui ha guadagnato la porta della camera e si è precipitato fuori nel corridoio, sparendo in direzione delle scale. Ho subito intuito che conoscesse a menadito quell'albergo, dato che, pur non vedendoci, aveva trovato a colpo sicuro la via di uscita.

Allora, anziché usare il telefono, mi sono fiondato alla finestra. L'ho visto scappare via a piedi e imboccare il vialetto che conduceva alla spiaggia.

Rimasto solo, ho rimuginato un bel po' sul da farsi. Ora che il pericolo era passato, non mi sembrava più il caso di avvisare la polizia. Se lo avessi fatto, avrei praticamente consegnato a loro l'intero caso del faro su un piatto d'argento... e allora buonanotte, caro Sherlock.

Piuttosto, mentre riflettevo, mi è riaffiorato alla memoria un particolare del mio ignoto aggressore che mi aveva colpito nel momento in cui l'avevo accecato con l'insetticida: era strabico.

Quella notte ho dormito un lunghissimo sonno di piombo che mi ha portato consiglio.

Infatti, non appena mi sono alzato dal letto (alle dieci passate), ho agguantato il mio taccuino e ho annotato gli ultimi sviluppi del caso. Innanzitutto una stranezza cui, lì per lì, nel panico che mi aveva sopraffatto, non avevo quasi fatto caso: e cioè il fatto che la minaccia dei fantasmi era stata pronunciata in un italiano non del tutto corretto, soprattutto per quel che riguardava le tre parole "morirete", "fra" e "mare".

Per accertarmi di un sospetto che mi ha assalito, ho riascoltato il nastro registrato qualche giorno prima dal mio infallibile registratore camuffato da astuccio portafazzoletti. Be', il sospetto è diventato certezza!

Poi, ora che la mia mente era fresca e riposata, mi è parso evidente che, grazie a una mia scoperta del giorno prima, uno degli enigmi registrati fra i miei appunti fosse stato risolto.

Queste due scoperte mi hanno portato a dare ragione a Tilla riguardo i sedicenti Fantasmi degli Annegati.

Una terza scoperta l'ho fatta quando ho raccattato da terra il mozzicone di sigaretta che quella notte avevo trovato attaccato sotto l'oggetto rinvenuto all'ingresso del faro. Osservandolo con la lente d'ingrandimento e, soprattutto, annusandolo da vicino, mi sono accorto che non era una sigaretta qualsiasi. Il che ha messo in moto diverse rotelle del mio cervello...

Quanto allo sconosciuto manigoldo appostato dietro la tenda della doccia, avevo intenzione di verificarne subito l'identità. Perciò, non appena mi sono vestito, ho chiamato al telefono la reception, dicendo che volevo un rifornimento completo per il frigobar. Infatti poteva essere che l'ignoto Mister X che riforniva i frigobar delle camere fosse anche il sabotatore del mio armadio, nonché l'uomo mascherato di quella notte.

L'Acciuga, che mi ha risposto al telefono, mi ha detto che l'addetto avrebbe portato il rifornimento entro mezz'ora. Mezz'ora dopo, però, ho sentito bussare alla porta ed è entrato lui, trafelato come al solito, con un vassoio pieno di bottigliette, snack e due calici di cristallo.

«Buongiorno» l'ho salutato io. «Sono sorpreso di vederla: pensavo che non fosse lei a rifornire il frigo!»

Lui ha bofonchiato distrattamente: «Infatti, ma la persona addetta, che ho chiamato per telefono, mi ha detto che oggi era indisposta».

Scommettiamo che aveva qualche problemino agli occhi? D'accordo, ancora non ne conoscevo nome e cognome, ma una vaga idea di che faccia avesse ce l'avevo già. Mi occorreva un'altra verifica, che avrei potuto fare più tardi.

Sbrigata questa piccola incombenza, sono sceso in sala da pranzo con l'idea di abbuffarmi alla grande: tutte le emozioni di quella notte mi avevano messo addosso un appetito famelico. Ho scoperto però con delusione che, data la tarda ora, il buffet della colazione era già stato chiuso.

Ho deciso allora di recarmi al bar del *Bagno Veliero*, dove avrei almeno potuto ordinare un croissant e una cioccolata in tazza. Ma non avevo ancora varcato la porta della pensione che quasi sono andato a sbattere contro Faccia Quadra, di ritorno dal jogging mattutino. Naturalmente non mi ha filato neanche di striscio e io l'ho ricambiato della stessa moneta, voltandomi dall'altra parte.

Sennonché, mezzo secondo dopo, è arrivata anche Girasole, bardata con fascetta di spugna in testa e attillatissima tutina bianca.

Lei, invece, mi ha sorriso cordiale e allora io, in un accesso di follia amorosa, non ho potuto trattenermi.

«Scusa, Naomi» le ho detto «ma penso di avere trovato qualcosa che ti appartiene».

Girasole mi ha guardato leggermente sorpresa.

«Che cosa?» mi ha chiesto.

«Se sali un attimo in camera mia, ti faccio vedere» le ho bisbigliato all'orecchio. Dopodiché, senza darle il tempo di replicare, ho aggiunto: «Fra dieci minuti, stanza numero 13. Ti aspetto».

«Giusto il tempo di fare una doccia e cambiarmi» ha sussurrato lei con un'occhiata d'intesa.

Così ho fatto velocemente dietrofront e sono tornato a bomba nella mia camera, col cuore che mi batteva all'impazzata.

Che cavolo stavo facendo? Volevo davvero mandare a monte l'intera indagine solo per i begli occhi di una Bond girl?

Lo volevo eccome!

Mi vergognavo ad ammetterlo, ma i panni di Sherlock Holmes cominciavano a starmi stretti. Ora mi trovavo molto più a mio agio in quelli di James Bond.

Forse per questo, aperto il frigobar (appena rifornito a dovere), ho tirato fuori una bottiglietta di Martini Bianco, il drink preferito da 007. Poi ho colmato i due calici che l'Acciuga aveva portato insieme al resto e ci ho infilato due cubetti di ghiaccio, dopo averli tolti dalla vaschetta del freezer. Quindi ho versato in una coppetta un sacchetto di olive verdi. Terminate queste operazioni, mi sono impastato i capelli di gel e mi sono piazzato davanti allo specchio. Ho cercato di assumere la tipica e seducente espressione di James Bond quando ha in mano la sua pistola, ma mi mancava il revolver:

così ho acchiappato la bomboletta di spray insetticida e l'ho impugnata a due mani, mettendomi a braccia tese e puntandola contro lo specchio. Più o meno in questa posa mi hanno beccato i miei genitori, piombati in camera senza preavviso per darmi il buongiorno (avevo scordato di chiudere a chiave la porta).

«Si può sapere che ti è successo?» ha chiesto la mamma. «Ieri sera sei andato a letto senza nemmeno salutarci e stamani non sei venuto a colazione».

«Nulla» ho detto io. «Penso che Tilla vi abbia detto che ieri sera avevo mal di pancia. Stanotte ho dormito male e perciò mi sono svegliato tardi. Tutto qua».

«E quell'insetticida è contro il mal di pancia?» ha chiesto il babbo con un certo tono ironico.

«No, è contro gli scarafaggi!» ho risposto io.

Dopodiché, con fare disinvolto, ho estratto il dottor Watson dal bidè e l'ho mostrato ai miei genitori esterrefatti.

La vista di Watson ha sortito l'effetto voluto: hanno fatto una smorfia in simultanea e si sono levati dai piedi in un nanosecondo.

Giusto in tempo, perché Naomi ha bussato alla mia porta qualche istante dopo.

Io le ho aperto col fiato corto dall'emozione. Come immaginavo, Girasole (ora in abbigliamento da spiaggia) non indossava più gli infradito a cui doveva il suo soprannome. Portava invece dei banali zoccoletti bianchi.

«Allora, Jerry?» mi ha chiesto con un sorriso. «Cos'è che mi dovevi mostrare?»

Io le ho indicato i due calici.

«Innanzitutto rilassiamoci con un aperitivo» ho detto.

«Un aperitivo di mattina?» ha fatto lei ridacchiando. «Certo che sei un bell'originale, tu!»

«Forse per questo faccio colpo sulle ragazze» ho ribattuto io.

D'accordo, non era una frase granché modesta, ma lei l'ha gradita. Infatti ha detto: «Su questo hai proprio ragione».

Detto fatto, ha vuotato il suo calice d'un fiato, ha fatto una gran risata, mi si è avvicinata e mi ha scompigliato i capelli con una mano. Allora ho pensato fosse il momento giusto per farle la mia rivelazione.

Così ho aperto lo scaldavivande e ho tirato fuori l'oggetto che le apparteneva: un girasole di strass, coi brillantini offuscati da un velo di sabbia.

Lei ha subito allungato la mano per riprenderselo.

«Grazie!» ha esclamato. «Mi sono accorta di averlo perso ieri e mi spiaceva così tanto per i miei infradito che...»

Io però l'ho interrotta.

«Sai dove l'ho trovato?» le ho chiesto.

Lei ha scosso la testa, assieme alla sua magnifica chioma nera. Io allora ho mitragliato a raffica: «Sull'Isola degli Annegati: precisamente davanti al faro!».

Girasole è rimasta letteralmente di ghiaccio: il sorriso le si è spento sulle labbra e i suoi fantastici occhi verdi si sono trasformati in due pietre dure e opache, prive di espressione.

Per qualche istante mi ha fissato impassibile, dopodiché ha ripreso una certa padronanza di sé, mi ha sorriso di nuovo e ha detto: «Non so come sia potuto succedere: io non sono mai stata là!».

Questa drastica affermazione mi ha ferito come una pugnalata in pieno petto, perché era la prova della sua menzogna. Nessuno le avrebbe rimproverato niente, infatti, se lei avesse semplicemente ammesso di essere stata in gita all'isolotto, magari sul pedalò col fidanzato. Però forse il punto cruciale era proprio questo: e cioè che il fidanzato era all'oscuro delle sue scappatelle sull'isola.

Sono stato assalito da un'ondata di disperazione, che lì per lì ho soffocato cacciandomi in bocca una manciata di olive. I miei sospetti su di lei stavano diventando sempre più reali e io non volevo accettarlo.

In un estremo impeto di passione (leggi: fesseria), mi sono buttato in ginocchio davanti a lei, le ho preso le stupende mani da principessa e ho mormorato: «Naomi, se per caso hai fatto qualcosa di brutto, con me puoi confidarti: io sarò sempre al tuo fianco e cercherò di aiutarti per quanto mi è possibile».

Lei però ha sottratto le mani dalla mia presa, è balzata in piedi e, con aria sdegnata, ha esclamato: «Non so proprio di cosa tu stia parlando!».

«Certo che lo sai» l'ho supplicata io, alzandomi pure in piedi e cercando di afferrarla per le spalle. «Ti dice niente l'espressione: "pappa a ora di nanna"?»

Lei mi ha fissato quasi inorridita. Poi mi ha tirato una spinta con la mano, divincolandosi da me.

«Sei solo un ragazzino fuori di testa, ecco quello che sei!» mi ha urlato in faccia.

E qui ho finito una volta per tutte di fare il cascamorto e ho ripreso a ragionare da detective. Infatti le ho gridato: «Attenta, non mi sottovalutare!».

Allora lei ha agguantato la maniglia della porta, l'ha aperta e, prima di precipitarsi fuori, ha sibilato come un serpente: «Attento tu, invece! Ricorda che gli Annegati non perdonano!».

XIX

Lo spettro nero

La cioccolata in tazza del bar del *Bagno Veliero* aveva un leggero sapore di gomma, immagino per via delle guarnizioni sporche della macchinetta automatica. Il croissant però era buono e pieno di marmellata all'albicocca. L'ho divorato in tre morsi, dopodiché ho ordinato anche un bombolone alla crema, perché il vuoto allo stomaco che sentivo non accennava a diminuire.

Non c'era da stupirsi: mi stavo appena riprendendo da una grossa delusione amorosa e insieme stavo iniziando a sciogliere i nodi del giallo di quell'estate. In più avevo la strana sensazione di essere stato pedinato fino alla spiaggia: lungo il vialetto che si snodava dalla pensione, mi ero girato più volte udendo passi felpati alle mie spalle. Ma poi avevo constatato che non c'era nessuno.

Gina mi ha portato il bombolone all'incirca mezz'ora dopo, perché non riusciva a star dietro a tutte le cose che doveva sbrigare. Lo Sceicco, infatti, quel giorno non si era visto, dato che pare fosse a letto con l'influenza. Buonissimo a sapersi.

Ingollato il bombolone, ho fatto mettere tutto sul conto dei miei, ho dato un'occhiata all'orologio e mi sono fiondato in spiaggia. Speravo infatti di trovare Tilla di ritorno dalla sua passeggiata con Morti, anche se ormai era quasi mezzogiorno e mi sembrava troppo tardi perché quei due fossero ancora in giro. Normalmente, infatti, Tilla usciva col cane verso le otto di mattina e non si assentava per più di un'oretta. Stavo cercando di contattarla al cellulare da più di mezz'ora, ma il suo telefonino era spento, né l'avevo trovata alla pensione.

Dovevo assolutamente informarla dell'accaduto di quella notte, cioè del tentativo di aggressione dell'uomo mascherato. Anzi, mi incolpavo di non averla messa in guardia la notte stessa e di avere atteso fino ad ora unicamente per la mia smania di sbrigare prima la faccenda di Girasole. Anche Tilla, infatti, era ormai nel mirino degli Annegati e correva lo stesso pericolo che correvo io.

Mentre mi avviavo verso l'ombrellone dei miei genitori, ho notato che sul casotto del bagnino era stato appeso un avviso, scritto a pennarello su un pezzo di cartone, che diceva: "Oggi bagnino assente: balneazione a vostro rischio".

Il mare però quel giorno era una tavola e non somigliava nemmeno lontanamente al mostro infuriato della notte prima. Anche il vento si era calmato, malgrado il cielo non fosse completamente sgombro da nubi e il sole andasse e venisse a suo piacimento. Perciò la spiaggia in lontananza sembrava una scacchiera, con chiazze d'ombra che si alternavano a chiazze di sole.

Il babbo, disteso sul lettino a leggere il giornale, ha dichiarato che non aveva la minima voglia di fare il bagno, data la sporcizia che regnava in mare. In effetti la burrasca del giorno prima aveva lasciato un'acqua torbida e melmosa, sulla quale galleggiavano alghe marce, legnetti e perfino penne di corvi e gabbiani.

La mamma, intenta a laccarsi le unghie sulla sdraio, ha detto che lei forse un bagnetto l'avrebbe fatto, perché sarebbe stato come fare gratis i fanghi alle terme e si sa che i fanghi sono salutari per la pelle. Ovviamente era una battuta ironica rivolta al babbo, che apprezzava il risparmio in tutte le sue forme. Lui comunque non ha raccolto la provocazione e si è limitato a girare assorto la pagina del suo giornale.

Nel frattempo io continuavo ad aspettare Tilla. Siccome non arrivava, ho inforcato il binocolo e ho cominciato a scrutare in lontananza la riva del mare, nella speranza di vederla. Ho anche riprovato a chiamarla al cellulare, ma è di nuovo partito il messaggio registrato di "utente non raggiungibile".

Allora ho cominciato seriamente a preoccuparmi. Così, senza aspettare oltre, ho chiesto ai miei: «Avete visto per caso Tilla uscire con Morti, stamani?».

«Non ci alziamo così presto in vacanza!» ha risposto la mamma ridendo. «Però, ora che ci penso, non l'ho vista nemmeno a colazione».

Il babbo ha posato un attimo il giornale e ha aggiunto: «Sì, è strano: normalmente viene sempre a colazione alle nove, dopo aver portato fuori il cane».

Io ho sentito salirmi un groppo alla gola e ho mormorato fra me e me: «Non riesco a trovarla e non mi risponde nemmeno al telefonino...».

La mamma mi ha dato una pacca sulla spalla. E poi

ha insinuato: «Non è che ce l'ha con te per qualche motivo? Tipo, per quella stupenda mora con cui hai cenato l'altra sera? Le ragazze a volte sono gelose anche delle ombre e amano farsi desiderare!».

Il babbo ha fatto una risata.

«Verissimo» ha detto rivolgendosi alla mamma. «Lo facevi anche tu di sparire, quand'eravamo fidanzati! So io quanti soldi ho speso in mazzi di fiori per farmi perdonare cose di cui non avevo la più pallida idea!»

Be', forse la mamma in gioventù era una che amava tenere i ragazzi sulla corda. Tilla però era un tipo completamente diverso: era affidabile al cento per cento e non mi avrebbe mai giocato un tiro del genere, nemmeno se avessimo litigato di brutto.

D'altra parte la notte prima, di ritorno dall'isola, non l'avevo trattata tanto bene, quando le avevo rinfacciato il suo fugone di fronte alla minaccia dei Fantasmi degli Annegati. E d'altra parte, benché all'oscuro dei miei due precedenti incontri segreti con Girasole, Tilla non era stupida e aveva sicuramente capito che quella ragazza dai capelli neri aveva preso il suo posto nel mio cuore.

Roso dal rimorso e divorato dall'ansia, ho cominciato a camminare su e giù per il tratto di spiaggia davanti al bagno, non sapendo cosa pensare. Indubbiamente, avrei dovuto farmi perdonare da lei, ma non sapevo come.

Mentre così rimuginavo, ho sentito un vago guaito alle mie spalle. Mi sono girato e, al colmo della sorpresa, ho visto Morti sbucare da sotto il *Bagno Veliero*, sgusciando fra i piloni di cemento che reggevano la baracca. Mentre mi trotterellava incontro, ho notato che si trascinava dietro il guinzaglio, ancora attaccato al collare.

Per qualche istante ho sperato di vedere comparire anche Tilla, magari facendomi una linguaccia e ridendo per lo scherzo ordito contro di me. Purtroppo però non è successo.

Morti mi si è fermato davanti e mi ha guardato con aria quasi supplichevole. Forse per la prima volta in vita mia, mi sono chinato ad accarezzarlo sulla testa.

«Morti!» ho esclamato, come se potesse capirmi. «Dov'è la tua padroncina? Che ne è stato di Tilla?»

Lui ha risposto con un cupo uggiolio, quasi volesse riferirmi che le era accaduto qualcosa di terribile.

Dato che era già montata l'alta marea, Gina non ha avuto problemi a noleggiarmi il patino di salvataggio per la mia terza missione verso l'isola. Infatti l'unico che avrebbe potuto usarlo (e cioè il bagnino) era comunque assente. Quanto a me, avrei avuto problemi ad andare da solo su un pedalò, vale a dire senza un compagno che potesse azionare i pedali dall'altro lato.

In realtà un compagno ce l'avevo, solo che non arrivava ai pedali: sto parlando di Morti. L'avevo portato con me perché ero sicuro al mille per mille che avrebbe fiutato la sua padroncina anche a un chilometro di distanza e che quindi mi avrebbe aiutato a ritrovarla. Il mio sesto senso di detective, infatti, mi diceva che, se Tilla era stata rapita, era sicuramente prigioniera dentro il faro.

Ero diretto verso la tana del lupo, ma ormai niente

mi avrebbe fermato. Tilla era in pericolo per colpa mia e io dovevo soccorrerla. Non osavo pensare che fosse troppo tardi: speravo di avere ancora tempo e, al limite, di offrire la mia vita in cambio della sua. Se non altro, io non avrei lasciato un cane orfano!

Questi e altri pensieri si agitavano nella mia testa, mentre remavo energicamente sotto lo sguardo mesto di Morti. Quel cane mi sorprendeva, perché in quel frangente aveva un atteggiamento quasi umano. Al punto che gli ho perfino fatto una confidenza.

«Ho sbagliato tutto, Morti» gli ho detto. «La ragazza più importante della mia vita era al mio fianco, e io l'ho trascurata per fare lo scemo con una che neanche valeva una lentiggine di Tilla!»

È proprio vero che quando si nomina il diavolo ecco che spunta la coda: pronunciate queste parole, mi sono girato verso la spiaggia di Lido Funesto per accertarmi che nessuno mi seguisse. Allora ho visto la figura inconfondibile di Naomi dirigersi furtiva verso il *Bagno Veliero.* Avrei voluto continuare a seguirla con lo sguardo, una volta tanto non per passione, ma per puro interesse di detective. Però non volevo mollare i remi, né interrompere la traversata. Così l'ho lasciata perdere e mi sono voltato di nuovo verso la meta prefissata: l'Isola degli Annegati.

Man mano che la sagoma tetra del faro si faceva più vicina, aumentava in me un dubbio e cioè se avevo fatto davvero bene a tenere l'intera faccenda segreta. Ora che Tilla correva chissà quale rischio, forse avrei dovuto davvero allertare gli sb... ehm, volevo dire, la polizia.

Avevo peccato, come al solito, d'orgoglio: chiamare

la polizia, infatti, significava lasciare in mano loro la soluzione di un mistero che ritenevo per metà aver già risolto io stesso e il cui merito, dunque, spettava a me. Ma adesso c'era di mezzo la vita di un'altra persona innocente.

Ho riflettuto che sia Gina che i miei genitori sapevano della mia gita all'isolotto. Perciò, se non mi avessero visto tornare, sarebbero stati loro a chiamare le forze dell'ordine.

D'altra parte i miei non brillavano per acume e anzi, a volte, sembravano nati ieri. Ad esempio, avevano perfino bevuto senza batter ciglio la balla che gli avevo propinato: e cioè che Tilla si era fatta viva e mi aveva mandato un sms dicendomi di aver perso Morti, che le era scappato di mano durante una passeggiata sul lungomare, il quale poi era tornato alla nostra spiaggia ed era stato ritrovato da me. Ma se fosse andata davvero così, io avrei aspettato il ritorno della mia amica per restituirle il cane e non me ne sarei andato a zonzo sul patino con lui!

Angosciato e confuso da tutti questi pensieri, sono approdato finalmente sull'isolotto. Ho trascinato il patino sulla battigia e mi sono incamminato verso il faro, tenendo Morti al guinzaglio.

Eravamo ormai all'ingresso, che uno stormo di corvi si è sollevato in volo dalla scogliera, gracchiando in modo sinistro. Ali nere hanno solcato il cielo pallido, come un corteo funebre attraversa una piazza.

Io avrei voluto subito fiondarmi dentro la cupa torre, ma Morti si è inchiodato sulla soglia, precisamente su quella sorta di "zerbino" di muschio che precedeva l'entrata. In pratica si è ripetuta la scena della notte prima, quando lui si era piantato lì, appiccicando il naso per terra, e non voleva saperne di muoversi da quel posto.

Stavolta però era il caso di assecondarlo. Quindi, anziché trascinarlo via, mi sono chinato e ho cominciato a tastare il muschio nel punto in cui Morti aveva preso a raspare con le zampe. Naturalmente era una mossa rischiosa, perché chiunque fosse sbucato in quel momento dal faro avrebbe potuto facilmente cogliermi in flagrante e tramortirmi.

Ma avevo il sentore che il faro fosse deserto come le altre volte e che il vero mistero facesse capo altrove... chissà, magari proprio in quel punto!

Per almeno una decina di minuti, mi sono accanito assieme a Morti a buttare all'aria quella specie di tappeto. Guardandolo da vicino, sembrava un po' troppo compatto per essere naturale, benché il muschio fosse autentico. Finché, quando avevo perso ormai le speranze di concludere qualcosa, sprofondando con la mano destra nel muschio, ho avvertito come una sottile sbarra di metallo.

«Ci siamo!» ho mormorato sottovoce a Morti.

Scavando ancora con le mani, ho scoperto che si trattava di una grata. E qui mi è arrivata l'intuizione: ma certo, doveva essere il coperchio di una botola!

Il muschio, allora, serviva solo per nasconderlo alla vista...

Finalmente ho trovato un gancio, ben celato dal tappeto erboso, che ho tirato con tutte le forze verso di me. Il coperchio della botola (vale a dire la grata tappezzata di muschio) si è alzato.

Davanti ai miei occhi, si è aperta una voragine buia, mentre un tanfo di marciume umido mi ha investito le narici. Lo stesso dev'essere successo a Morti, che ha preso improvvisamente a dimenarsi tutto come fosse un indemoniato.

Poteva essere un buon segno: forse fiutava la vicinanza della sua padroncina!

«Adesso capisco da dove veniva la voce d'oltretomba degli Annegati!» ho bisbigliato a Morti. «Da qua sotto. E capisco anche come mai tu stanotte abbia fatto quel salto all'indietro: immagino che qualcuno abbia scosso la grata perché voleva che ti levassi dai piedi...»

L'oscurità della voragine non mi ha scoraggiato. Benché sprovvisto della mia torcia, ho usato al solito il display del cellulare, facendo luce su una serie di pioli di ferro che sprofondavano nelle viscere dell'isolotto. Allora, senza por tempo in mezzo, ho agguantato Morti e me lo sono cacciato sottobraccio, come fosse una borsa portadocumenti. Poi ho cominciato a scendere, cioè a inabissarmi sottoterra. La discesa è stata velocissima, perché i pioli, posti a regolare distanza l'uno dall'altro, formavano una vera e propria scala, a mio parere molto più agevole di quella a chiocciola che conduceva alla lanterna del faro.

Man mano che mi calavo in basso, il buio si faceva sempre più fitto e il tanfo sempre più opprimente, mentre la temperatura diventava quasi quella di un frigorifero. Alla fine ho toccato terra e allora ho posato Morti, riprendendolo al guinzaglio.

«Ora devi essere tu a guidarmi, come fossi un cane per ciechi» gli ho sussurrato.

Il botoletto ha afferrato il messaggio e si è messo a trotterellare lungo il cunicolo dove ci trovavamo, che a un primo sguardo mi pareva anche l'unico. Ma alla scarsa luce del cellulare, notavo che ai lati di quella galleria sotterranea si aprivano nicchie oscure, che sembravano fauci spalancate di creature infernali.

A un certo punto ho udito un fruscio ai miei piedi e li ho illuminati in tempo per non inciampare in un enorme ratto, che è sgusciato via veloce, spaventato dal rumore dei nostri passi.

Era sicuramente un posto da brividi, ma io ero troppo preoccupato per la sorte di Tilla per farmi prendere dal terrore.

Oltretutto, ormai avevo appurato che in quella storia c'era molto poco di paranormale, per cui non correvo certo il rischio di incappare in un vero fantasma (sempre ammesso che i fantasmi esistano).

Era passato forse mezzo minuto dall'incontro col ratto, che Morti ha iniziato a uggiolare e ad agitare il muso come l'ago di una bussola impazzita. Finché, d'un tratto, si è slanciato verso una di quelle nicchie laterali, trascinandomi dietro a rotta di collo.

Abbiamo imboccato uno stretto budello e, prima ancora di vedere qualcosa, ho sentito un gemito agghiacciante, come di un'anima in pena.

Un secondo dopo il mio display ha illuminato, immobile in un angolo, un orrido spettro nero.

XX

Sepolti nella tomba

In quell'istante mi sono rimangiato tutto quanto avevo pensato riguardo alla presenza o meno di autentici fantasmi in quel caso.

Soffocando un grido di terrore, ho provato a voltarmi e a infilare la via di fuga. Morti però si è fiondato nell'altra direzione, cioè incontro allo spettro, lanciando guaiti di disperazione.

Abbiamo ingaggiato una specie di tiro alla fune col guinzaglio, dove io tiravo da una parte e lui dall'altra. Il botoletto aveva una forza incredibile e per di più rischiava seriamente di restare strangolato dal collare.

Insomma, alla fine ho mollato il guinzaglio e, prima di abbandonare il cane al suo destino, l'ho visto catapultarsi sullo spettro e iniziare a dimenare la coda. Pareva quasi che... gli facesse le feste!

Una seconda occhiata al fantasma mi ha aperto gli occhi: il sinistro spirito era in realtà qualcuno incappucciato e immobilizzato, che poteva essere proprio... Tilla!

Mi sarò dato dell'idiota una trentina di volte, ovvero tutto il tempo che mi ci è voluto per togliere il cappuccio nero, staccare il nastro adesivo dalla bocca e slegare Tilla dalla sedia su cui si trovava.

«Scusa, scusa, scusa!» le ho quasi urlato a mo' di saluto. «Ti avevo scambiato per un fantasma...»

Tilla ha scosso la testa, sbaciucchiando Morti che le era appena saltato in grembo.

«Te l'avevo detto che i fantasmi non esistono...» ha mormorato con un mezzo sorriso.

Io sono crollato sulle ginocchia, praticamente ai suoi piedi, sempre reggendo il telefonino in alto per rischiarare l'oscurità.

«Hai ragione, sono uno scemo, un cretino, un deficiente!» ho esclamato. «Potrai mai perdonarmi?»

«E di che cosa?» ha chiesto lei, quasi divertita di vedermi in quella posa.

«Be', innanzitutto di non averti avvisato in tempo di questo pericolo» ho risposto. «Devi sapere che stanotte ho trovato un uomo nella mia camera ed era armato di un manganello...»

Così le ho raccontato tutto quel che era successo, dopodiché ho voluto sapere come lei fosse finita lì. Fra parentesi, era assai buffo far conversazione completamente al buio. Infatti, per non sprecare la batteria del cellulare (che era prossima a esaurirsi), ho deciso di spegnerlo finché non ce ne saremmo serviti per ritrovare la via d'uscita. Così ho intuito da certi rumori che Tilla si era alzata in piedi e si stava stirando gambe e braccia alquanto indolenzite.

«È da stamattina che sono qui...» ha preso a raccontare.

Era appena arrivata in spiaggia con Morti, che qualcuno l'aveva sorpresa alle spalle, tappandole la bocca e immobilizzandola da dietro. Lei non avrebbe saputo dire chi fosse stato l'aggressore, se non che sicuramente doveva essere un uomo, data la forza con cui aveva agito.

«Non credo possa essere stato l'uomo del manganello» ho osservato io. «Ieri l'ho ridotto proprio male con quell'insetticida. Di sicuro oggi avrà avuto bisogno di un oculista!»

«In ogni caso era uno che ci sapeva fare: infatti mi ha spintonato fino al *Bagno Veliero*, intimandomi di non urlare o avrebbe ucciso Morti...»

«Morti è venuto con voi?» ho chiesto io.

«Sì, lo tenevo sempre al guinzaglio» ha detto Tilla.

«E poi che è successo?» l'ho incalzata.

«Poi mi ha chiuso la bocca col nastro adesivo e mi ha infilato il cappuccio in testa. Per cui, da quel momento in poi, è calato il black-out e non so dirti più niente».

«Be', di sicuro ti sarai almeno accorta di essere salita su una barca, dopodiché sarete arrivati sull'isola...»

Tilla mi ha interrotto stupita: «Vuoi dire che siamo sull'isola? Sull'Isola degli Annegati?».

Allora io le ho raccontato della scoperta della botola e del tunnel dove ci trovavamo. Tilla era annichilita. Mi ha fatto parlare e poi ha detto: «Ma è impossibile: qui siamo arrivati a piedi!».

Tilla ricordava di essere stata costretta a scendere una scaletta di ferro per un passaggio strettissimo, poi di aver camminato per circa un'ora, in mezzo a un'incredibile puzza di fogna e a una temperatura dieci gradi inferiori a quella esterna. Alla fine era stata obbligata a sedere su quella sedia, dove era stata legata. L'individuo che l'aveva condotta fin là non aveva proferito più parola, se non un'esclamazione di disappunto ("Accidenti, è scappato il cane!") quando Morti era fuggito.

«È corso via approfittando del momento in cui l'uomo era impegnato a legarmi alla sedia» ha specificato la mia amica.

Io ho mormorato quasi fra me e me: «Quando l'ho rivisto, era appena sbucato da sotto il *Bagno Veliero*».

Il racconto di Tilla sul momento mi ha spiazzato. Ma poi, a poco a poco, ho cominciato a mettere insieme diversi episodi di tutta quella vicenda, come pezzi di un difficile puzzle. Rosicchiandomi l'unghia del pollice (non avevo altro da mettere in bocca), sono arrivato da solo a una stupefacente conclusione, che poteva dirsi il coronamento di quel mistero.

Prima di informare Tilla della mia scoperta, ho pensato che era più urgente levare le tende da quel lugubre posto e risalire all'esterno.

Così, facendo il capocordata, ho riacceso il cellulare e mi sono avviato a ritroso per il cunicolo.

Pensavo che avrei ritrovato subito il tunnel principale, cioè quello da cui eravamo venuti Morti e io. Invece, non so come, ci siamo ritrovati in un budello, ancora più stretto di quello di prima, che terminava in un vicolo cieco.

«Devo essermi confuso» ho balbettato a Tilla.

Ma l'incidente si è ripetuto un altro paio di volte, per cui mi sono convinto che quel sotterraneo fosse una specie di labirinto dove ritrovare l'uscita era un'impresa non da poco.

Come se non bastasse, il telefonino ha cominciato a sibilare a intermittenza, segno che la batteria stava quasi per esaurirsi. Esasperato, mi sono fermato un attimo e ho spento di nuovo il display.

«Scusa...» ho detto a Tilla. «Sono proprio un incapace!»

«Al contrario,» ha ribattuto lei «sei il ragazzo più straordinario di questo mondo».

Il complimento non mi ha lasciato indifferente. Infatti mi sono avvicinato a lei e, in quella fitta oscurità, ho cozzato la mia testa con la sua.

Tilla si è messa a ridere e mi ha sussurrato: «Grazie di avermi liberata!».

Ho afferrato subito che quella era la mia grande occasione per riconciliarmi con lei e allora le ho detto: «Era il minimo che potessi fare, dopo il modo in cui mi sono comportato. E anzi, a questo punto vorrei anche chiederti scusa per...».

Qui però lei mi ha interrotto, semplicemente tappandomi la bocca con la mano, dopo averla cercata a tastoni.

In quella situazione era importante vederci, perché altrimenti come avrebbero fatto le nostre bocche... Ma che vi sto raccontando? Questi non sono affari vostri!

A voi basti sapere che ho cercato di far luce, illuminando col mio cellulare la faccia di Tilla.

È stato allora che una voce rauca, che ben conoscevo, ha gracchiato all'improvviso: «Aha! Beccati!».

Dividere la stessa sedia con la tua ragazza non è sempre così romantico. Specialmente se le tue gambe sono legate a quelle della sedia e le tue mani sono strette in lacci che sembrano manette.

Indovinato: questa era la situazione in cui Tilla e io ci trovavamo una decina di minuti dopo la colluttazione che era avvenuta fra me e lei da una parte, Ross e Naomi dall'altra. Dovrei aggiungere anche Morti, perché il bastardello si era battuto come un leone (e una volta tanto tralascio i paragoni suini), azzannando infuriato un polpaccio di Ross.

E a proposito del pescatore: ora era chiaro a tutti chi fosse stato il rapitore di Tilla. È vero, era una donna, ma, ormai lo sappiamo, aveva apparenza e forza di un uomo. Tanto che era stata lei, tutto sommato, a vincere quello scontro a quattro. Naomi, più che altro, si era limitata a mollare qualche calcio a casaccio, uno dei quali aveva centrato Morti in pieno muso, costringendolo a mollare la gamba di Ross.

Poi, dopo che la donna pescatore ci aveva stesi al tappeto, Naomi aveva acchiappato Morti per la collottola e lo aveva usato per ricattarci, puntandoci contro una torcia elettrica.

«Provate solo a ribellarvi» ci aveva minacciato «e io prendo questo ridicolo cane e gli do fuoco col mio accendino».

Detto per inciso: ormai, alla luce di quello che avevo scoperto, non mi sorprendeva che avesse un accendino, sebbene non fosse una fumatrice accanita come Ross.

Insomma, teneva quell'accendino acceso a un millimetro dalla coda a cavatappi di Morti, come fosse una miccia da incendiare.

Per la prima volta in vita mia, ho visto un lampo di puro terrore balenare negli occhi di Tilla.

Che cosa potevamo fare? Non ci restava che eseguire

i loro ordini: quindi sedersi in due su quella maledetta sedia e farci legare mani e piedi.

Quanto a Morti, era stato legato anche lui come un salame (cosa che in verità ben si addiceva a un cane porcello), dopodiché il guinzaglio era stato assicurato alla sedia. Si voleva così evitare che scappasse a dare l'allarme come aveva fatto in precedenza con me.

Io ho cominciato a riflettere: non sapevo che cosa avessero in mente quelle due e se davvero volessero farci fuori. Oltretutto, ero sicuro che il vero boss di tutta la faccenda non fosse presente per cause di forza maggiore. Ma una cosa l'avevo chiara, e cioè che avrei venduta cara la pelle. Non avrei lasciato niente di intentato per salvare Tilla e Morti, nonché possibilmente il sottoscritto.

Istintivamente, ho concluso che l'unica strategia valida in quella situazione era quella di guadagnare tempo, tentando di fare quattro chiacchiere coi nostri aguzzini. L'impresa non era impossibile, dato che avevamo ancora la bocca libera. Infatti, proprio in quel momento, le due furfanti si stavano accusando a vicenda di aver dimenticato il nastro adesivo chissà dove per sigillarci le labbra.

Così, mentre stavano litigando, ho osato chiedere: «Avete intenzione di lasciarci a marcire qui?».

Naomi mi ha sibilato come una vipera: «Zitto tu, che sai solo parlare a sproposito!».

Io ho fatto un risolino.

«A quanto pare, invece, a volte dico cose sensate» ho ribattuto. «Come ho fatto stamani con te. La nostra conversazione deve averti messo una bella strizza addosso: il piccolo detective aveva scoperto gli "altarini" degli Annegati!»

Lei mi ha scoccato un'occhiata gelida.

«Io non ho paura di nessuno» ha detto, piantandosi a braccia incrociate davanti a noi.

«Be', allora mi devi spiegare com'è che mi hai pedinato fino alla spiaggia e com'è che, quando mi hai visto allontanarmi sul patino verso l'isola, hai avvisato Ross del pericolo. Scommetto che vi siete scambiate uno dei vostri consueti sms. Una roba tipo: *Quel ficcanaso sta andando a cercare l'amichetta...*»

Naomi è ammutolita, mentre Ross mi ha battuto una delle sue manone sulla spalla.

«Ammettiamolo: sei in gamba» ha detto. «Ma non al punto da riconoscere quando è bene ritirarsi dal gioco perché si sta facendo troppo pericoloso. Del resto, non puoi dire che non ti avessi messo in guardia, la prima volta che ci siamo conosciuti: te l'avevo detto di girare alla larga dall'isola!»

A quel punto anche Tilla si è inserita nella conversazione.

«Il fatto è» ha attaccato a dire «che voi Jerry non lo conoscete affatto: lui è uno che ama le sfide difficili e che non arretra davanti a niente. Vi consiglio perciò di non sottovalutarlo».

Ross è scoppiata in una delle sue cavernose risate.

«Senti senti la pupa del detective!» ha esclamato. «Devi essere proprio cotta di lui, vero? Trasudi ammirazione da tutti i pori! Comunque, se ti può rassicurare, io non l'ho proprio sottovalutato: ed ecco perché sono tornata qua con i rinforzi, pur di fermarlo!»

Con la parola "rinforzi" intendeva, ovviamente, Naomi.

Io allora ho osservato: «Ma che ne pensa il tuo capo di questo rapimento, visto che lui non è potuto venire di persona?».

È stata una mossa vincente, perché le due sono rimaste un tantino allibite che io fossi così ben informato. Infatti si sono scambiate un'occhiata d'intesa, dopodiché Ross ha sparato asciutta: «Non credo che la cosa ti riguardi».

Al che io ho replicato: «Mi riguarda eccome, visto che qualche giorno fa ha tentato di farmi crollare addosso un armadio e stanotte, tanto per gradire, mi stava aspettando con un manganello in mano. A proposito, potete tranquillizzarlo, l'effetto di quell'insetticida sugli occhi è solo temporaneo. Sulla bomboletta c'è scritto che qualche goccia di collirio può essere un toccasana. Peccato non curi anche lo strabismo!».

La calma con cui ho fatto questo discorso e il tono ironico che ho usato le ha fatte uscire dai gangheri. Naomi per prima ha urlato: «Chiudi il becco, adesso!».

E Ross, puntandomi la torcia elettrica sul viso, ha aggiunto: «Sì, non ti serve granché parlare. Tu e la tua amica siete in un bruttissimo guaio e non credo che ne uscirete vivi. E sai una cosa? Avevi ragione: vi lasceremo a marcire qui dentro!».

Naomi allora ha voluto specificare: «Tanto nessuno, a parte gli Annegati, sospetta l'esistenza di questo sotterraneo. Quindi resterete sepolti qui. Rassegnatevi: questa sarà la vostra tomba!».

XXI

Interviene Action Man

Anche in una situazione disperata, avere l'ultima parola può dare una certa soddisfazione.

Così, senza farmi scoraggiare dalla minaccia appena pronunciata da Naomi, ho ribattuto pronto: «Be', se ci lasciate così, legati a questa sedia, significa proprio che non avete il fegato di farci fuori!».

Naomi ha scrollato le spalle, dirigendo la torcia verso il budello d'uscita. Era chiaro che ne aveva abbastanza di tutta la faccenda e che voleva andarsene.

Ma Ross, che era pure in procinto di filar via, è invece tornata sui suoi passi.

«Non è questione di fegato, è questione di ordini» ha detto in tono sbrigativo.

«Sarebbe?» ho chiesto io.

«Quello che non siamo autorizzati a fare noi, potrebbe farlo il boss» ha sogghignato. «Tanto per rispondere alla tua domanda di prima: lui non è entusiasta all'idea che restiate in vita ancora qualche giorno...»

«Quindi?» l'ho interrotta io.

«Quindi vi farà sicuramente una visitina a breve!» ha risposto lei. «E potrebbe essere un po' meno gentile di noi!»

Devo dire che a questo punto sono stato assalito da un certo sgomento. Eppure ho trovato ancora una volta la forza di replicare: «Okay, digli che può fare con comodo, perché non abbiamo fretta!».

Ross ha sogghignato di nuovo. Naomi allora le ha fatto cenno che era ora di andare. Al che lei ha esclamato: «Addio, ragazzi! La vostra ultima ora è suon...».

E qui si è sentita una voce estranea rimbombare contro le pareti e troncarle quell'ultima parola letale, esclamando: «Io direi invece che è suonata la tua!».

Il rumore successivo è stato l'impatto del possente cazzotto che ha colpito Ross. La pescatrice è crollata a terra lasciando cadere la torcia e senza fare un gemito.

«Miseria, è una donna!» ha gridato la stessa voce nell'attimo in cui il display di uno smartphone ha illuminato la faccia di Ross, su cui brillava un rossetto arancione.

Dopodiché, agli occhi stupefatti di Tilla e del sottoscritto si è presentata una carrellata di scene concitate, mostrate a intermittenza dalla luce dello stesso telefonino: mentre Ross era ancora al tappeto, priva di sensi, una figura alta e robusta stava immobilizzando Naomi. La ragazza lanciava strida da gallina impazzita e lottava come poteva, ma con scarsi risultati.

Infatti, qualche secondo dopo, lo sconosciuto l'ha acchiappata per la collottola (come si fa coi gatti furiosi) e l'ha costretta a sedersi per terra. Naomi ha preso a singhiozzare, blaterando frasi piagnucolose che lì per lì non ho capito a chi fossero dirette.

«Amore, è tutto un equivoco!» frignava. «Dammi il tempo di spiegare!»

Intanto l'uomo, con molta calma, ha raccolto la torcia di Ross e ha diretto il fascio di luce verso di noi.

Solo allora mi sono accorto che l'Action Man che aveva ridotto a mal partito le nostre aguzzine era... Faccia Quadra! Così hanno acquisito un senso anche le frasi di scusa della sua fidanzata.

In ogni caso, lui non si è degnato minimamente di starla ad ascoltare. Piuttosto, si è dato subito da fare per sciogliere i nostri legacci. Infatti Ross era ancora ko, mentre Naomi sembrava ormai incapace di reagire.

Fatto sta che, nel giro di qualche minuto, Tilla, Morti e io eravamo di nuovo a piede libero. Così abbiamo potuto aiutare Faccia Quadra a sistemare le due criminali sulla sedia, assicurandole con le stesse corde che erano state usate per noi.

Solo dopo aver compiuto questa operazione, ci siamo reciprocamente presentati. Che Faccia Quadra si chiamasse Lorenzo io lo sapevo già, da quando avevo sbirciato il suo documento d'identità. E comunque ci conoscevamo di vista, essendo, come si sa, alloggiati tutti nello stesso albergo.

Dopo averci stretto la mano e averci invitato a dargli del tu, Faccia Quadra ha additato Naomi: «Mi spiace ammetterlo, ma quella è la mia fidanzata. O meglio, lo era fino a stamattina».

Naomi nel frattempo si disperava e belava come un agnello sgozzato. Ed era buffo vederla legata accanto a Ross, che era ancora nel mondo dei sogni con la testa ciondoloni sul petto come quella di un fantoccio.

Siccome la sua ex fidanzata farfugliava la sua innocenza, Lorenzo ha perso la pazienza e le ha gridato:

«Ora finiscila con le tue panzane! Ho sentito tutto quello che hai detto per filo e per segno, minacce comprese. Infatti sono rimasto nascosto in una nicchia qua dietro per mezz'ora. Se ti vuoi discolpare, trovati un buon avvocato!».

Naomi ha continuato a piagnucolare, ma perlomeno ha smesso di protestare.

Allora Faccia Quadra si è rivolto a Tilla e a me: «Mi aspetto che mi chiariate diverse cose. In effetti, non ho ancora capito perché queste due vi abbiano rapiti e segregati qui. Soprattutto, non ho idea di che traffici loschi vadano facendo, né di quale sgarro voi possiate avergli fatto...».

Tilla allora ha smesso di cullare Morti come fosse un bambino e ha detto: «Io in effetti ne so poco più di te. Per cui potrei chiarirti ben poco!».

E qui, ovviamente, sono intervenuto a bomba.

«Ti posso spiegare tutto io. Prima, però, potresti prestarmi i tuoi occhiali da sole?»

Al solito, infatti, Faccia Quadra teneva i suoi occhiali agganciati alla zip della felpa. Lui allora me li ha allungati senza chiedermene il motivo, che in un cunicolo sottoterra poteva sembrare insensato.

Naturalmente io non li ho messi. Ho soltanto infilato una stanghetta in bocca, proprio come il grande Sherlock avrebbe fatto con la sua pipa. Il che, ormai lo sapete, mi aiutava a riordinare le idee per un discorso che si prospettava assai lungo.

«Una volta tanto comincerei dalla fine, anziché dal principio di questa vicenda» ho esordito.

Lorenzo, Tilla e Morti mi hanno rivolto uno sguardo

pieno di aspettative. Invece Naomi mi ha gettato un'occhiata mesta, mentre il moccio le colava dal naso come la crema da un bignè bucato. Quanto a Ross, ha solo mandato un debole lamento. Credo che cominciasse a svegliarsi in quel momento.

Io ho proseguito: «Se stamani Naomi ha pedinato me, tu, Lorenzo, a tua volta, hai pedinato lei...».

«Proprio così!» mi ha interrotto lui. «Non ne potevo più dei suoi sotterfugi e delle sue scappatelle: da tempo ero convinto che mi nascondesse qualcosa e così, stamattina, quando l'ho vista uscire di soppiatto dalla pensione, ho preso a tampinarla».

«Sì, ti sei messo alle sue calcagna» ho precisato. «Come vedi, hai fatto benissimo: hai salvato la vita a noi e ci hai aiutato a fermare queste due...»

Avevo appena iniziato a parlare, ma ho dovuto subito fermarmi di fronte a un improvviso scalpiccio di passi frettolosi. Lorenzo, infatti, si è portato rapidamente un dito al naso intimandomi di fare silenzio.

Poi, mentre Tilla, Morti e io ci siamo acquattati in un angolo, lui ha spento la torcia e si è appostato all'entrata del cunicolo.

Quando il fascio di un'altra torcia ha squarciato le tenebre intorno a noi, Faccia Quadra è balzato fuori e ha bloccato l'intruso da dietro, rigirandogli un braccio dietro la schiena.

Ed ecco sistemata un'altra vecchia conoscenza!

«To', chi si rivede, l'uomo col passamontagna!» ho esclamato io.

«È lui il boss di cui parlavi?» ha chiesto Lorenzo.

«Ti ho sentito raccontare che avrebbe tentato di aggredirti in vari modi...»

«A logica direi proprio di sì» ho risposto. «Anche se, mascherato in questo modo, potrebbe essere chiunque altro».

Il nuovo arrivato non ha battuto ciglio, né ha articolato parola. Non era certamente un ingenuo come Naomi e sapeva che doveva riflettere bene prima di aprire bocca.

Muoversi poi non poteva, dato che era stato legato da Lorenzo alle gambe della famosa sedia, che ora era davvero sovraccarica di manigoldi.

«Se vuoi, gli tolgo il passamontagna» ha suggerito Faccia Quadra.

«Prima devo continuare il mio racconto» ho detto io in tono pacato.

Poi ho ripreso a succhiare pensoso la stanghetta, ho fatto un giro intorno alla sedia e mi sono rivolto a Ross, che nel frattempo aveva ripreso completamente conoscenza.

«Ross, ti ricordi il passaggio che mi hai dato sulla tua barca la prima volta che ci siamo incontrati? Sai, quando stavo morendo di sete?»

L'interpellata ha fatto un grugnito non molto comprensibile.

«Be', ero reduce dalla mia prima visita sull'isola. In quell'occasione era successo qualcosa di inquietante: avevo visto un cadavere in cima al faro, che poi però era scomparso. Diciamo che questo è stato il primo grosso mistero in cui mi sono imbattuto, qui a Lido Funesto».

«Un cadavere?» ha chiesto Lorenzo allarmato. «È stato per caso ucciso qualcuno?»

Io ho scosso la testa.

«No, per fortuna: in realtà era una persona viva che si trovava sul ballatoio del faro proprio nel momento in cui io ho alzato gli occhi dalla spiaggia» ho spiegato. «Quel tizio si è accorto troppo tardi di me, dato che non sono arrivato sull'isola a bordo di un'imbarcazione, ma a piedi, approfittando della bassa marea. Volendo nascondersi, si è subito steso a terra. Io però non l'avevo affatto visto in piedi, né mi ero accorto del suo successivo e repentino cambiamento di posizione, perché ero rimasto abbacinato dal sole che si rifletteva sulla lanterna del faro. Ma lui non poteva sapere che avevo un binocolo, per cui, dopo qualche istante, vedendolo immobile in quel modo, ho concluso che fosse morto!»

Qui è intervenuta Tilla: «Ma tu stesso, Jerry, hai raccontato che poi non hai trovato traccia dell'uomo, quando hai esplorato il faro a fondo».

«Non tanto a fondo, in effetti» ho ammesso. «Avevo trascurato di guardare nella stanza dell'orologio, dove l'individuo si era prontamente rifugiato quando mi ha visto entrare nel faro. È un locale minuscolo, che sfugge all'attenzione di un comune visitatore del faro, se non se ne sospetta l'esistenza. Io l'ho scoperto solo l'ultima volta che siamo stati là e solo perché prima ne avevo sentito parlare da Livia Quaglierini».

«Livia Quaglierini?» ha chiesto Lorenzo. «E chi sarebbe?»

«È la sorella del defunto guardiano del faro» gli ha

spiegato Tilla. «Siamo andati a parlare con lei l'altro giorno...»

A questo punto Ross ha fatto sentire la sua voce.

«Ma che bravi ficcanaso!» ha gracchiato con quella vociaccia da fumatrice incallita. «Vorrei solo sapere di che cosa ci accusate, visto che finora mi sembra non si sia parlato di nessun reato».

Faccia Quadra le si è avvicinato in modo minaccioso: «Se a lei non sembra un reato rapire due ragazzi minorenni e tenerli segregati in un sotterraneo sconosciuto, legati a un sedia, oltretutto minacciandoli di morte...».

«Esattamente quello che voi ora state facendo a noi!» ha ribattuto Ross ostinata.

Lorenzo ha serrato la mascella spigolosa e stava per risponderle a tono. Allora io sono intervenuto di nuovo.

«Non ho affatto finito il mio racconto» ho detto. Così ho ripreso da dove mi ero interrotto: «Il primo mistero in cui mi ero imbattuto si aggiungeva a un'altra stranezza: la mia prima mattina di vacanza, qui a Lido Funesto, avevo visto la lanterna del faro accesa. Eppure notoriamente il faro è in disuso da decenni... Era una giornata nebbiosa, ma non potevo essermi sbagliato; né poteva essersi sbagliato il venditore di cocco, quando aveva notato lo stesso fenomeno, di ritorno da una turbolenta gita all'isolotto».

«E chi l'aveva accesa?» ha chiesto Lorenzo.

«Di sicuro lo stesso uomo che mi era apparso sul ballatoio in versione cadavere» ho risposto. «La lanterna accesa doveva essere un segnale per tutti coloro che, da Lido Funesto, potevano aver voglia di fare un salto all'isola per un certo qual motivo. A mio parere, una specie di semaforo rosso (molto più sicuro che inviare un sms in giro) per dire che era il caso di rimandare la gita. Invece, coloro che, ignari dei traffici sul faro, avessero visto la luce, avrebbero sempre potuto imputarla a un buontempone o a chiunque, in visita al faro, fosse saltato il ticchio di accendere la lampada per fare una bravata».

«Ma per quale ragione valeva come semaforo rosso per gli interessati a recarsi sull'isolotto?» ha chiesto Tilla.

«Perché in quel momento poteva essere pericoloso» ho risposto io. «Con la nebbia dal faro non si vedono arrivare imbarcazioni, nemmeno quelle della polizia portuale: quindi, se qualcuno si intrattiene sull'isola a fare qualcosa di poco lecito, può essere colto in flagrante dagli "sbirri". Quanto all'avvistamento del venditore di cocco, sono convinto che il nostro uomo del faro, che l'ha scorto approdare con la sua canoa, si è allarmato al punto da inviare in seguito un messaggio luminoso per fermare chiunque volesse andare sull'isola per unirsi a uno dei convegni dei Fantasmi degli Annegati».

Qui Lorenzo mi ha interrotto di nuovo: «I Fantasmi degli Annegati?».

«O meglio, quelli che volevano farci credere fossero fantasmi» ho specificato io. «Sfruttando la leggenda locale degli spettri dei pescatori, annegati per una dimenticanza del guardiano del faro nel lontano 1958, qualcuno voleva in realtà tenerci alla larga dall'isola. Tanto più che l'ingenuo venditore di cocco li aveva visti, questi sedicenti fantasmi, e aveva bevuto in pieno la storia...»

«Be', se è per questo li abbiamo visti anche noi» ha commentato Tilla. «Solo che io, fin dal principio, ho capito che non potevano essere fantasmi: dei pescatori degli anni Cinquanta non indossano piumini firmati!»

Anche alla scarsa luce della torcia, ho notato che Faccia Quadra aveva aggrottato le sopracciglia.

«E chi diavolo sarebbero, allora?» ha chiesto confuso.

Io ho sorriso compiaciuto, continuando a rosicchiare la stanghetta dei suoi occhiali.

Dopodiché ho mitragliato: «Semplicemente dei tossici!».

XXII

Via la maschera!

«Che cosa?» hanno chiesto Lorenzo e Tilla in coro.

«Se volete vi posso dare dei sinonimi, come drogati, fumati o "fattoni"» ho detto. «Io comunque non faccio grandi distinzioni fra droghe pesanti e droghe leggere».

Tilla mi ha fissato dubbiosa.

«Sei sicuro di quello che stai dicendo, Jerry?» mi ha chiesto.

«Sicurissimo!» ho risposto io. «Cosa credi che fossero quei lumini accesi che da lontano sembravano candele in mano ai Fantasmi degli Annegati? Erano canne, porco cane!»

Per convincere la mia amica, le ho raccontato del mozzicone di sigaretta che avevo trovato vicino all'ingresso del faro la notte prima, appiccicato all'ornamento a forma di girasole dell'infradito di Naomi. Se quest'ultimo mi aveva convinto del fatto che lei fosse coinvolta nella vicenda, quella cicca, che avevo ispezionato e annusato bene, mi aveva persuaso di un'altra cosa: e cioè che si trattava di uno spinello. Confesso: era il primo che vedevo e fiutavo, ma un investigatore è pur sempre dotato di un sesto senso.

Le prove non finivano qui.

«Del resto, anche Gina, la barista del *Bagno Veliero,*» ho ripreso a dire «ha raccontato che sull'isolotto erano stati trovati accendini e cicche in abbondanza. In quell'occasione, fra l'altro, ho conosciuto un ragazzo che si dichiarava avverso al progetto della riqualificazione dell'isola. E sfido, aveva tutto l'interesse che il faro non venisse raso al suolo: è anche lui un "Annegato", cioè uno a cui piace fumare erba!».

«E come hai fatto a scoprirlo?» ha domandato Tilla stupita.

«Semplice: quel ragazzo aveva uno strano difetto di pronuncia e cioè si mangiava la "erre" in ogni parola. Per l'appunto avevo registrato la sua conversazione con Gina e, quando l'ho riascoltata, mi sono convinto che era la stessa persona che ci aveva lanciato quella minaccia da sotto la botola, spacciandosi per uno spettro: 'Andatevene subito o moiete come noi: annegati fa le baccia del mae!'»

Ho poi ricordato a Tilla un fatto che mi aveva raccontato lei stessa.

«Cosa credi che facesse Ross, quando è rimasta per mezz'ora chiusa nel gabinetto del bar del *Bagno Veliero*? Si stava fumando uno spinello! E perché pensi che avesse aperto la finestra e spruzzato del profumo in giro? Ovviamente per coprire la puzza di erba!»

Tilla ha annuito lentamente, mordendosi il labbro inferiore.

Ross invece ha fatto una battuta sarcastica: «Trovatemi un fumatore che non abbia mai provato una canna in vita sua...!».

Ma io l'ho rimbeccata prontamente: «Non stiamo

parlando di una canna, stiamo parlando di decine e decine di canne per decine e decine di persone... Il faro è evidentemente un centro di spaccio di erba,» ho continuato a spiegare «per cui immagino che sull'isolotto affluisca gente da varie parti del litorale. Un bel giro di soldi, che vi ha indotto ad architettare forme di pubblicità occulta per evitare di esporvi al rischio di essere scoperti».

«Non ho idea di quello che stai dicendo» ha replicato acida Ross.

«Allora te la do io un'idea» ho detto. «Immaginati un bambolotto parlante, appeso a un albero in una pineta. Chi ha interesse a sapere quando e come procurarsi dell'erba preme la schiena del bambolotto e ascolta un messaggio in codice, formulato col linguaggio dei bambini. "Pappa" sta appunto per "erba", niente di più facile! Vero, Naomi?»

Per tutta risposta, Naomi si è rimessa prontamente a singhiozzare. Io mi sono rivolto a lei: «Poco dopo che Tilla e io vedemmo quel bambolotto nella pineta di Lido Funesto, ti incrociammo mentre ti dirigevi là. Immagino che, malgrado l'amicizia con Ross, non fosse sicuro scambiarvi sms con date e luoghi dei vostri convegni "tossici". Quindi anche tu hai ascoltato "l'oracolo" del bambolotto...».

A questo punto Faccia Quadra ha alzato un braccio, come un vigile che solleva la paletta dello stop.

«Un attimo!» ha detto. «Vorresti dire che la mia fid... ehm, volevo dire, che Naomi fumerebbe hashish o marijuana? Ma se non fuma nemmeno sigarette al mentolo!»

Io ho dovuto fargli cadere le cosiddette fette di prosciutto dagli occhi.

«Scusami, Lorenzo, ma per amore della verità ti devo smentire» ho detto. «Questo era il vizio segreto della tua ragazza: il vero motivo per cui lei ti ha proposto questa vacanza a Lido Funesto. La gara di tango era solo una scusa bella e buona, tant'è che a quella gara ci sei dovuto andare da solo».

Faccia Quadra si è un tantino alterato: «Ma tu come sai...?».

«La vostra stanza alla *Pensione Ombretta* è adiacente alla mia» gli ho detto. «Quindi, senza volere, ho sentito alcuni battibecchi fra voi. So quindi che tu la rimproveravi spesso di andarsene per conto suo e di lasciarti solo, senza rivelarti chiaramente dove si recasse e con chi. E, se proprio lo vuoi sapere, ieri sera lei non è affatto rimasta in camera per via del mal di testa: tant'è che io l'ho vista uscire, poco dopo l'ora di cena, vestita e truccata di tutto punto».

Lorenzo allora si è voltato verso la sua ex, puntandole contro un indice accusatore.

«Devi dirmi chi ti ha fatto entrare in questo giro!» ha gridato.

Ma siccome lei, naturalmente, restava zitta e si limitava a tirare su col naso, io ho ripreso a parlare.

«Be', posso intuire che la tua ex fidanzata conoscesse Ross da lungo tempo e che quest'ultima le avesse parlato del "luna park" dell'isolotto».

Queste mie parole hanno fatto sclerare di brutto Naomi, che ha avuto una specie di crisi isterica. Infatti si è rivolta a Ross, dimenandosi tutta e gridandole come un'invasata: «È tutta colpa tua! Sei stata tu a trascinarmi in questo casino! Se non ti avessi mai dato l'amicizia su Facebook sarebbe stato meglio!».

A quel punto Ross le ha urlato a muso duro: «Ah, sì, ora saresti tu la santarellina? Ma se eri tu quella patita della trasgressione, che voleva a tutti i costi provare il brivido dell'illecito! Mi hai detto perfino che volevi prepararti alla tua futura carriera di modella, perché nel mondo dell'alta moda circola un sacco di droga!».

Insomma, hanno cominciato a dirsene di tutti i colori. E per fortuna che avevano le mani legate, sennò se le sarebbero pure date di santa ragione.

Frattanto Faccia Quadra aveva assunto un'aria vagamente ebete. Probabilmente era solo allibito per aver scoperto il cosiddetto "scheletro nell'armadio" della sua ragazza. Un po' lo capivo: anch'io, quando avevo trovato quel girasole di strass fra la sabbia, avevo provato una sensazione simile.

Così ho pensato bene di proseguire il mio racconto per scuoterlo un po'.

«Ma tornando ai Fantasmi degli Annegati, è chiaro che i convegni in cui si faceva compravendita di erba avvenivano in questo sotterraneo. Fumare però è un altro paio di maniche: in questi budelli oscuri e con questi soffitti bassi c'è il rischio di intossicarsi davvero. Ecco perché gli Annegati dovevano uscire allo scoperto, risalendo i pioli che portano alla botola davanti all'ingresso del faro. Ed ecco perché sia il venditore di cocco che Tilla e io li abbiamo visti proprio in quel punto...»

«Adesso si capisce anche come facevano a sparire così velocemente» ha aggiunto Tilla. «Scendevano di nuovo giù nella botola e poi richiudevano il coperchio!»

«Infatti» ho detto io. «E così arriviamo al mistero principale di questa vicenda: ovvero, all'esistenza di un passaggio segreto che collega l'isolotto alla terraferma. Non a caso nessuno degli Annegati è mai stato visto arrivare sull'isola con un'imbarcazione qualsiasi. Il perché è semplice: a coloro che avevano interesse a unirsi al "club dei fumati" veniva rivelato che sotto la baracca del *Bagno Veliero* c'è un accesso sotterraneo che immette nel tunnel. Questo tunnel, attraversando il tratto di mare fino all'isola, porta direttamente qua, a questo sotterraneo».

Faccia Quadra mi ha interrotto di nuovo.

«Mi stai dicendo che noi adesso ci troviamo sotto l'isola?» ha chiesto sbalordito. «Perché io, pedinando Naomi, sono sceso in una specie di tombino sotto il *Bagno Veliero*, come avevo visto fare a lei. Non credevo però che questo cunicolo portasse all'isolotto».

«Neanche Tilla voleva crederci» ho detto io «dato che pure lei ci è arrivata a piedi, sebbene costretta! Morti invece non si è fatto domande: appena è potuto scappare, ha percorso la strada a ritroso fino al tombino del *Bagno Veliero*, da dove è rispuntato quando l'ho trovato io. Immagino che il coperchio fosse stato lasciato aperto da te, Lorenzo...».

Faccia Quadra ha annuito.

«Mi chiedo solo chi abbia costruito questo passaggio e perché» ha mormorato quasi fra sé.

«Be', questo proprio non te lo so dire» ho confessato.

A questo punto l'uomo col passamontagna ha alzato la testa, che tutto quel tempo aveva tenuto abbassata.

«Mi meraviglio, signor detective,» ha sibilato «c'è ancora qualcosa che lei ignora!».

Tutti possono darci dei numeri, anche i furfanti matricolati. Me ne sono reso conto in quella circostanza, quando il boss dello spaccio (ancora mascherato col suo passamontagna) ci ha fornito un saggio della sua erudizione. A quanto ci ha raccontato, infatti, era venuto a conoscenza di un episodio storico di cui pochissimi, a Lido Funesto, erano informati.

Stimolato dalla scoperta casuale della botola sull'isolotto, aveva esplorato in lungo e in largo il tunnel sotterraneo e le sue diramazioni, fino a riaffiorare sulla terraferma, per l'appunto attraverso il tombino posto sotto il *Bagno Veliero.* La gente del posto, del resto, sapeva solo che sotto quel tombino confluiva una parte del sistema fognario delle case del paese.

Il boss aveva voluto fare ricerche in proposito: era andato all'Archivio di Stato di Livorno e per mesi aveva rovistato fra vecchi e polverosi manoscritti. Alla fine la sua dedizione era stata premiata: in un antico documento del catasto di Lido Funesto, datato 1542, aveva scoperto come il marchese Aldemaro Funesto, che abitava la Rocca del Lido (il castello più antico della zona, che si affacciava direttamente sulla spiaggia), avesse fatto costruire quel passaggio segreto per raggiungere l'isolotto in caso di attacco dei nemici.

«L'esistenza del passaggio venne sempre tenuta segreta» ci ha spiegato «ed era tramandata di padre in figlio solo all'interno della dinastia Funesto. Però, sbirciando in manoscritti vari, mi sono imbattuto in almeno un paio di storie di sparizioni enigmatiche legate agli abitanti del castello. In situazioni di pericolo, i membri della famiglia Funesto si rifugiavano nel sotterraneo, lasciando i loro nemici con un palmo di naso. Al punto che si diffuse la diceria che fossero stregoni e che il diavolo abitasse nella Rocca».

E qui io ho trovato l'aggancio giusto per tornare al presente.

«In effetti» ho osservato «questo sotterraneo continua a vedere cose diaboliche anche nel ventunesimo secolo».

«Questione di punti di vista» ha ribattuto ironico il boss. «Quello che qui è reato, in altri paesi più evoluti del nostro non lo è. Hashish e marijuana sono sostanze rilassanti, che facilitano il benessere dell'organismo e...»

«Fanno rincretinire alla grande!» gli ho tolto la parola di bocca.

Lui è scoppiato in un'amara risata.

«Ti devo contraddire» ha detto. «Il mio cervello è uno dei più lucidi che ci siano in giro. Non credo che esista una persona dai riflessi più pronti dei miei!»

Io mi sono tolto la stanghetta di bocca per rimbeccarlo prontamente.

«Be', se hai i riflessi così pronti,» ho obiettato «non capisco perché non hai reagito più velocemente quando ti ho spruzzato l'insetticida negli occhi. Oltretutto, sono stato io a essere colto di sorpresa dal tuo agguato e non tu!».

Lui è ammutolito. Io ho continuato: «Lo so che mi avevi inquadrato fin dal primo istante, fin dal momento in cui mi avevi visto alzare lo sguardo verso il faro. Ero uno scomodo ficcanaso, che era meglio togliere di mezzo. Del resto, Ross, il tuo fido braccio destro, doveva averti informato di avermi recuperato mezzo morto di sete dall'isola... Pensavi dunque che fossi un ragazzino ingenuo, uno di cui sbarazzarsi facilmente. Ma ti sbagliavi!».

Il boss è rimasto immobile come un manichino esposto nella vetrina di un negozio.

«So anche che hai sentito il venditore di cocco raccontare a Tilla e a me della sua terrificante esperienza sull'isola, perché in quel momento eri anche tu lì in spiaggia. Dalle nostre domande, hai certo capito che eravamo interessati a saperne di più sui misteri del faro. Come pure so che hai origliato la conversazione fra me e Tilla quando io le ho mostrato l'articolo dell'*Eco di Lido Funesto* sulla riqualificazione dell'isolotto. È stato quando la mia amica mi ha raccontato di aver fatto la conoscenza di Ross».

Qui mi sono zittito un attimo, godendomi la tensione generale.

Mi sono guardato intorno: la torcia elettrica illuminava tre facce allibite (o meglio, due facce e un muso) che tenevano il fiato sospeso, e tre facce impietrite (anche se una non era visibile) che stentavano a darsi per vinte; tutte, però, sembravano incapaci di credere che da solo fossi arrivato alla soluzione del mistero.

Ho ripreso a parlare imperterrito: «A quel punto hai architettato il tiro dell'armadio, che doveva crollarmi addosso, ma che, buon per me, è andato a vuoto. Poi hai pensato a un'aggressione in piena regola e ti sei appostato nel bagno della mia stanza, dietro la tenda della doccia. Eri esasperato, perché Tilla e io avevamo appena fatto una puntata nel tuo regno, l'isolotto, proprio nella sera di una delle tue feste. Ovviamente tu, utilizzando il passaggio segreto, sei potuto arrivare alla *Pensione Ombretta* molto prima di noi, che invece siamo rientrati per mare sul patino, e così mi hai bruciato sul tempo. Fra parentesi, so bene come hai fatto a entrare nella mia camera: con la chiave passe-partout dell'albergo. Perché tu sei quello addetto a rifornire il frigobar delle stanze».

«Come hai fatto a scoprirlo?» ha chiesto Tilla incuriosita.

«Semplice!» ho risposto io. «Ho fatto un'indagine e così sono venuto a sapere che alle camere della pensione hanno accesso di norma solo tre persone: l'addetto alle pulizie (che è anche il receptionist e il cameriere), l'operaio che fa le riparazioni e l'uomo che rifornisce il frigobar. Il primo soffre di vertigini, quindi avrebbe potuto sabotare l'armadio e aggredirmi, ma non avrebbe mai potuto sostare sul ballatoio di un faro alto settanta metri; il secondo, poi, è troppo vecchio ed esile per sollevare un armadio di noce massiccio come quello della mia stanza. Quindi, doveva per forza essere il terzo: cosa di cui ho avuto la conferma stamattina, quando il receptionist della pensione mi ha detto che l'individuo in questione era malato e non poteva portarmi i rifornimenti per il frigobar: infatti, era stato "accecato" temporaneamente da me!»

«Temporaneamente non direi» ha bofonchiato lui. «Dall'occhio sinistro vedo ancora tutto annebbiato».

«Ma per fortuna hai quello destro,» sono intervenuto io «che è quello sano: l'altro, se non vado errato, soffre di strabismo divergente...».

L'interessato ha emesso un cupo borbottio. Io ho ripreso a parlare a raffica: «E qui veniamo a un altro tuo ruolo: quello di venditore di giocattoli usati al mercatino delle pulci di Lido Funesto. Penso che ti sia un sacco utile, per agganciare sottobanco possibili clienti cui spacciare droga. Ma hai commesso un errore: hai messo in vendita un bambolotto identico a quello che hai usato come messaggero nella pineta. Per me è stato quindi facile risalire a te!».

Tilla si è battuta una mano sulla fronte.

«Ma certo!» ha esclamato. «Sono stata io a raccontarti di lui e del bambolotto!»

«Proprio così» ho detto. «Eppure anche quello non è il suo lavoro ordinario. Lo spaccio di notte, il mercatino delle pulci una volta alla settimana, il rifornimento bar alla *Pensione Ombretta* saltuariamente e... ogni giorno, nella stagione estiva, il nostro uomo fa...»

Qui ho lasciato la frase a metà. Infatti ho preferito avvicinarmi al boss, chinarmi all'improvviso e, con gesto repentino, strappargli via il passamontagna dalla testa.

È spuntata prima una lucida pelata, poi una fronte abbronzata e due occhi iniettati di sangue, di cui uno con la pupilla rannicchiata nell'angolo esterno dell'orbita.

Allora io, platealmente, ho gridato: «Il bagnino del *Bagno Veliero*!».

XXIII

Happy end, malgrado tutto

Col senno di poi è stato facile capire perché il boss, nelle vesti di bagnino, indossasse sempre un copricapo alla foggia araba e occhiali a specchio. Non certo per proteggersi dal sole, quanto proprio per mantenere meglio l'anonimato – soprattutto con quei clienti cui vendeva erba (con la pelata e l'occhio strabico in vista) e che, eventualmente, poteva ritrovare in spiaggia mescolati a persone del tutto ignare dei suoi traffici illegali.

E forse non era un caso che nessuno di noi presenti in quel sotterraneo ne conoscesse il vero nome. Come già si sa, per me e Tilla lui era solo "lo Sceicco", mentre Ross e Naomi, come poi è saltato fuori, lo chiamavano "Marcolino". Questo era il nome che aveva dato anche a Gina, che l'aveva ingaggiato senza pretendere un documento di identità.

Ai carabinieri, però, ha dovuto dare le sue esatte generalità. Abbiamo così appurato che si chiamava Marcantonio Eugenio Fattori, aveva quarantatré anni ed era incensurato. Cinque anni prima, avendo perso il suo lavoro di operaio metalmeccanico in un'azienda genovese che era fallita, si era trasferito a Lido Funesto (sua abituale località di vacanza) e aveva iniziato a vivere di espedienti. In particolare, aveva messo su una piantagione di marijuana in una serra nascosta nel suo giardino. Dopo aver adocchiato il faro abbandonato, con l'idea di farne il suo centro di spaccio, aveva scoperto il passaggio sotterraneo. Questo era stato il coronamento del suo progetto, di cui poi aveva messo a parte anche Ross, che fra l'altro era una sua vicina di casa.

Quanto ai carabinieri, li ha chiamati Lorenzo, una volta terminata la mia "esposizione" della vicenda. E poiché loro, arrivati in motoscafo sull'isolotto, non sarebbero mai stati capaci di trovare la botola a colpo e di individuare il cunicolo dove ci trovavamo, Lorenzo ha anche scortato i tre manigoldi fino in superficie.

Tilla, Morti e io li abbiamo seguiti a ruota fin quasi all'uscita. Ma, a un certo punto, il botolo porcino ha alzato il muso per aria, come se fiutasse qualcosa di insolito. Poi si è staccato da noi come un razzo e, uggiolando alla disperata, ha imboccato al galoppo uno stretto budello laterale. Naturalmente Tilla gli si è precipitata dietro con la torcia accesa e io non ho potuto fare altro che correrle dietro a mia volta.

«Porcaccio cane, ma dove sta andando adesso?» le ho urlato dietro.

«Non chiamarlo porco!» mi ha gridato Tilla senza nemmeno voltarsi.

Era il solito equivoco di sempre: certo, Morti era più simile a un maiale che a un cane, però io usavo quell'esclamazione d'abitudine e non necessariamente alludevo a lui.

Per un istante ho meditato se lasciarli al loro destino, ma poi ho proseguito la corsa con una sbuffata.

In tutta sincerità, ero semplicemente stanco di avventure. Piuttosto, in quel momento, avrei tanto voluto essere alla pensione, intorno al tavolo da pranzo insieme ai miei genitori. Così dopo magari avrei anche fatto un pisolino nella mia stanza, in compagnia del buon vecchio dottor Watson. Ed eccomi invece arrancare dietro a un cane stralunato, in un angusto tunnel, buio e puzzolente, vari metri sottoterra.

All'improvviso, Tilla ha dato un'inchiodata e io per poco non le sono franato addosso. Il porcello infatti si era fermato di botto e aveva preso a scavare affannosamente con le zampe dentro una nicchia nella parete. Nel contempo, continuava a guaire d'impazienza, come se fosse vicino alla scoperta di un tesoro.

Tilla si è chinata per infilargli il guinzaglio e trascinarlo via. Ma la sua torcia elettrica ha illuminato quello che Morti stava dissotterrando: non un tesoro, ma qualcosa di più sinistro...

«Jerry, guarda!» ha esclamato la mia amica voltandosi subito verso di me.

Io mi sono abbassato accanto a lei e ho mandato un fischio di stupore di fronte alla scena che ci si parava davanti.

Quanto a Morti, lui aveva finalmente smesso di uggiolare, dato che era intento a rosicchiare un osso giallognolo. Purtroppo, non un osso di animale...

«Quello è un cranio umano!» ha sussurrato Tilla allibita, indicando un teschio dalle grandi orbite nere, che affiorava dal mucchio di terra smossa.

Io ho ispezionato da vicino tutto quanto era emerso sotto le zampe di Morti: oltre al teschio, anche un bacino e parte di una gabbia toracica, con varie costole ancora attaccate.

«Sì,» ho confermato «direi che sono le ossa di un uomo e che ci siamo imbattuti in una povera salma rimasta insepolta».

Tilla ha iniziato a formulare la domanda fatale.

«Ma chi…?»

Io ho sparato la risposta a colpo sicuro.

«Nevio Quaglierini» ho detto. «È ufficiale: abbiamo trovato i resti del guardiano del faro».

Tilla è restata letteralmente senza parole. Poi, dopo aver strappato l'osso di bocca al suo cane, ha chiesto: «Ma come facciamo a essere sicuri che sia lui?».

«Pare la più logica deduzione» ho risposto. «Forse però potremmo anche cercare qualche altra conferma…»

Così mi sono messo a frugare cautamente fra quei miseri resti, mentre Morti ringhiava di disappunto per essere stato privato del suo bottino.

A parte qualche lembo di vestito consunto e irriconoscibile, ho scovato un barattolino di latta col coperchio a vite e l'etichetta ormai illeggibile. L'ho aperto e ho trovato dentro un mucchietto di pillole grigie: «Ecco i suoi antidepressivi» ho mormorato a Tilla. «Il barattolo, a tenuta stagna, li ha conservati per più di mezzo secolo».

Tilla si è battuta la fronte, come fa sempre quando ricorda improvvisamente qualcosa.

«Le sue pillole!» ha esclamato. «Sua sorella ci aveva detto che erano l'unica cosa che mancava nel faro, dopo la sua sparizione…»

«Abbiamo risolto anche questo mistero» ho detto. «La notte del naufragio, preso dai sensi di colpa per quanto era avvenuto, Nevio si rifugiò in questo sotterraneo, che evidentemente aveva scoperto dopo anni e anni di permanenza al faro. Ovviamente risultò scomparso, dato che le autorità non erano a conoscenza del passaggio segreto».

Tilla ha annuito lentamente.

«Pensi che si sia suicidato con un'overdose di pillole?» ha chiesto pensosa.

«Difficile dirlo» ho detto io. «Può anche essere che il suo stato confusionale non gli abbia permesso di ritrovare la via d'uscita da questo tunnel. Come pure che abbia volontariamente deciso di dire addio al faro e al resto del mondo».

Un'analisi di quei resti calcificati avrebbe potuto non solo accertare l'identità del guardiano del faro, ma forse anche svelare qualcosa delle sue ultime ore di vita. Ma, del resto, che importanza aveva sapere com'era morto? L'importante, ci sembrava, era che Nevio Quaglierini, a più di dieci lustri dalla sua scomparsa, avrebbe avuto finalmente un funerale e una degna sepoltura. E che sua sorella Livia avrebbe potuto portare dei fiori sulla sua tomba.

Il giorno dopo sull'*Eco di Lido Funesto* la questione della riqualificazione dell'isolotto compariva relegata in un trafiletto marginale, nascosto in un angolo della terza pagina.

In prima pagina, invece, campeggiava un articolo titolato a caratteri cubitali: *SCOPERTO TRAFFICO DI DROGA SUL VECCHIO FARO: IN MANETTE SPACCIATORE E COMPLICI.*

La cosa più interessante, però, veniva nel sottotitolo: *Incredibile exploit di un giovane detective fiorentino: risolve il caso con un'amichetta e il suo cagnolino.*

Devo dire, a onor del vero, che il cronista, pur facendomi delle lodi sperticate, aveva infilato nel suo pezzo un mare di sciocchezze. Innanzitutto mi aveva descritto come una "versione toscana e adolescenziale del commissario Montalbano", quando io, che gli avevo rilasciato l'intervista, avevo più volte ribadito come il mio modello supremo nell'arte della deduzione fosse Sherlock Holmes.

Poi, a proposito del ritrovamento dei resti di Nevio Quaglierini, aveva definito Morti come un "piccolo segugio", quando anche un cieco avrebbe sentito al tasto che era solo un bastardello, dotato di fiuto, sì, ma non di razza.

Infine, aveva erroneamente creduto che dietro le mie indagini ci fosse stato lo zampino dei miei genitori, cioè che mi avessero dato manforte per risolvere il giallo del faro. Una balla che più colossale non si poteva!

Oltretutto i miei, che come si sa erano stati tenuti all'oscuro della faccenda fino all'ultimo, non avevano affatto reagito bene al primo tam-tam mediatico sul caso.

Tanto per cominciare, mia madre era stata presa da un attacco di panico a scoppio ritardato, pensando ai rischi che avevo corso a sua insaputa. Portandosi teatralmente le mani al petto, si era messa quasi a singhiozzare: «Santo cielo, saresti potuto morire in mille modi: annegato, fulminato da un infarto alla vista degli spettri, schiacciato da quell'armadio, malmenato da quell'orribile bagnino, sepolto vivo in quell'agghiacciante sotterraneo...!».

Quanto al babbo, sulle prime si era informato discretamente se era prevista una ricompensa in denaro per il giovane e brillante detective che aveva liberato Lido Funesto dalla piaga della droga. Appurato che il premio era solo la gloria, aveva rilasciato il seguente (stizzito) commento al reporter di una televisione locale: "Non capisco perché, invece di ficcare il naso nei fatti altrui, mio figlio non sia come tutti gli altri suoi coetanei, che si interessano di calcio, di social network e di belle ragazze".

Be', riguardo alle belle ragazze, mio padre non sapeva certo che nel bel mezzo delle mie indagini si era inserita anche un'affascinante fanciulla che, guarda caso, risultava essere una delle due donne rimaste implicate nella vicenda.

A proposito di Naomi: sul momento la sua posizione sembrava meno grave di quella di Ross. Indubbiamente, anziché una complice vera e propria, era più che altro una dei tanti clienti del Fattori. D'altra parte aveva aiutato Ross a tenere segregati Tilla e me in quel sotterraneo, oltretutto minacciandoci di morte. E questo naturalmente non le avrebbe facilitato le cose in tribunale.

In ogni caso, la sua sorte ormai non mi interessava più, anche se forse Tilla aveva ancora dei dubbi in proposito.

In effetti, la frenesia che si era scatenata in seguito alla risoluzione del caso (deposizioni a gogò ai carabinieri, interviste a giornali e televisione, una lunghissima visita di riconoscenza di Livia Quaglierini) ci aveva coinvolto alla grande e così non avevamo più avuto un attimo di tregua per noi due.

Di conseguenza, non ci era stato neanche possibile proseguire quel colloquio che avevamo iniziato nel sotterraneo dell'isolotto e che era stato bruscamente interrotto dall'arrivo di Ross e di Naomi.

Fatto sta che, per via di quel turbine di avvenimenti, il tempo era volato ed eravamo già arrivati alla fine di quella movimentata vacanza.

Il giorno della nostra partenza da Lido Funesto, io stavo facendo i bagagli nella mia stanza e avevo appena estratto dallo scaldavivande la preziosa valigetta da detective. La mia testa era presa da un groviglio di mille pensieri, intrecciati insieme come lunghi vermi dentro un vaso di terra.

Mi chiedevo infatti se a questo punto, visto lo splendido risultato ottenuto con il giallo del faro maledetto (mio secondo caso ufficiale risolto), sarei davvero entrato a fare parte dell'albo dei detective professionisti. Inevitabilmente mi è tornato in mente Manuel, il "ladro d'appartamento", che per primo mi aveva parlato di quella possibilità e al quale, grazie al nostro patto, dovevo quella vacanza con tutto quello che ne era seguito.

E a proposito di come si erano svolte le cose, sentivo un grosso debito di riconoscenza nei confronti di Tilla, senza la quale non sarei andato molto lontano nello scioglimento dell'enigma.

Giusto, Tilla... Ero molto teso a causa sua, perché di lì a poco avrei dovuto congedarmi da lei: lo zio Ade sarebbe venuto a prenderla a momenti e aveva intenzione di fare solo una sosta lampo alla *Pensione Ombretta,* per poi ripartire immediatamente per Ca' Desolo.

Ma io avrei avuto bisogno di molto più tempo per dirle tutto quello che avrei voluto dirle.

Innanzitutto, che volevo il suo perdono per quanto l'avevo trascurata in quella vacanza. Se fossi potuto tornare indietro, mai e poi mai le avrei mentito, né avrei preferito alla sua compagnia quella di una falsa ipocrita ragaz...

Nel mezzo di questo ragionamento mentale, ho sentito bussare alla porta della camera.

«Oh, Tilla!» ho esclamato con nonchalance non appena l'ho vista spuntare sulla soglia. «Vieni, entra pure!»

Lei ha fatto qualche passo incerto verso di me, poi ha preso in braccio l'onnipresente Morti e si è seduta timidamente sulla sponda del letto.

Improvvisamente, tutti i bei discorsi che mi ero preparato sono rimasti imprigionati nella mia testa come farfalle in una rete. Di fronte alla ragazza della mia vita, non riuscivo a comportarmi da vero uomo.

Rieccomi infatti impaurito e tremante, manco avessi dovuto rimettere piede nel faro maledetto per un'altra missione.

Fatto sta che, non sapendo come comportarmi, mi sono messo alacremente a cercare il dottor Watson, che doveva essersi rimpiattato da qualche parte.

«Che stai facendo?» mi ha chiesto Tilla incuriosita.

«Devo scovare il mio scarafaggio» ho detto.

«E per far che?» ha chiesto di nuovo.

«Be', lo porterò a casa con me» ho risposto. «Altrimenti, avrà vita breve. L'Acciuga della reception ha già minacciato di farlo fuori con l'insetticida».

Tilla non ha fatto commenti, ma invece ha detto: «A proposito dell'Acciuga, poco fa mi ha raccontato che il progetto dell'acquapark sull'Isola degli Annegati è definitivamente saltato...».

«Sul serio?» ho chiesto stupito.

«Sì, la pubblicità che ha avuto il faro in questi giorni, grazie a quello che è successo, ha portato a un ripensamento generale. L'assessore al turismo di Lido Funesto ha avuto perciò un'altra idea: trasformare il faro in un museo e dedicarlo alla memoria di Nevio Quaglierini».

Io sono rimasto talmente sorpreso che per poco non ho fatto cadere il dottor Watson dal palmo della mano. L'avevo appena trovato sotto lo scendiletto e avevo intenzione di metterlo in un trasportino improvvisato: una scatoletta vuota di chewing gum.

Tilla ha proseguito il suo racconto, mollando una carezza distratta a Morti.

«Questo nuovo progetto» ha spiegato «metterebbe d'accordo tutti: gli animalisti, in quanto i corvi imperiali potrebbero restare tranquillamente sulla scogliera; e i commercianti come Gina, in quanto Lido Funesto acquisterebbe comunque un'altra attrazione turistica: e cioè un museo che riveli l'antica storia del faro, anche attraverso oggetti e foto del suo ultimo guardiano».

Qui sono intervenuto io: «Be', non sarà un investimento commerciale come un acquapark, ma di certo avrà un impatto migliore sull'ambiente. Immagino poi che anche Livia Quaglierini apprezzi l'idea».

«Certamente!» ha detto Tilla. «Ovviamente sarà lei a fornire il materiale sul fratello. Oltretutto, è stato anche proposto un nuovo nome per l'isolotto...»

«Quale?» ho chiesto.

«Isola Quaglierini!» ha risposto Tilla.

«Wow!» ho fatto io. «Il guardiano sfortunato è stato riabilitato alla grande...»

«Sì, e tutto grazie a te!» ha esclamato lei senza esitazione.

In realtà io volevo prontamente replicare che così non era, perché senza di lei e senza (mi duole ammetterlo, lo confesso) Morti, non sarei certo venuto a capo di nulla. Ma in quel preciso momento abbiamo sentito uno stridio di freni provenire dal parcheggio della pensione e così ci siamo affacciati alla finestra: il carro funebre dello zio Ade stava giusto facendo manovra.

Tilla ha alzato le spalle, assumendo un'aria di rassegnazione.

«Be'...» ha mormorato. «Mi sa che è arrivato il momento dei saluti».

Dopodiché ha fatto per avviarsi mestamente alla porta, seguita dallo scodinzolante Morti.

A me è presa una smania pazzesca. Così ho gridato: «No, aspetta!».

«Cosa c'è?» ha chiesto lei.

Io mi sono grattato la testa. Ho cominciato a farfugliare: «Volevo dirti innanzitutto che... niente di tutto quello che è successo in questi giorni, qui a Lido Funesto, è merito mio. Perlomeno, non solo mio...».

Tilla ha fatto un mezzo sorriso.

«Il fatto è che senza il tuo coraggio, la tua intraprendenza e, ehm, il tuo cane, non avrei ottenuto nessun risultato. Ecco perché ti ho chiamato e ho voluto che fossi al mio fianco anche in questa nuova avventura: perché sei un'assistente detective professionista!»

Tilla mi ha rivolto uno sguardo di leggera delusione.

«Grazie» ha mormorato. «Capisco, per te sono solo una valida collaboratrice...»

A queste parole sono stato assalito da una specie di disperazione.

«Questo non è un lavoro, è una passione!» ho gridato con quanto fiato avevo in gola. «E perciò anche tu...»

Esistono situazioni, cari miei, in cui è molto meglio agire che parlare. Ecco perché ho rinunciato a sprecare altre parole. Invece, ho acchiappato Tilla per le spalle e...

Be', anche se non siete detective nati come il sottoscritto, non vi occorre certo l'intuizione di Sherlock Holmes per immaginarvi quello che è successo dopo...

Indice

IN COLLANA

SIMON SCARROW
Il Gladiatore - La lotta per la libertà
Il Gladiatore - Guerra di strada
Il Gladiatore - Il figlio di Spartaco
Il Gladiatore - Vendetta

A. ZHVALEVSKIJ, E. PASTERNAK
Tutto può cambiare

GIUSI QUARENGHI
Io sono tu sei

LUCIA TUMIATI
La casa in fondo al mare

SARA PENNYPACKER
Clementine
Che talento, Clementine!

LUISA MATTIA
Merlino - Il destino di un giovane mago
Merlino - Il cerchio del futuro
Merlino - La magia di Stonehenge

KARL BRUCKNER
Il gran sole di Hiroscima

KATE DICAMILLO
Lo straordinario viaggio di Edward Tulane

MARTINO FERRO
Vanity Ves
Il Lago dei Quattro Vulcani

DOMENICA LUCIANI
Vacanze al faro maledetto

DOMENICA LUCIANI
Vacanze al cimitero

SILVANA DE MARI
Hania - Il cavaliere di luce

SOFIA GALLO
Io e Zora

TASCABILI ragazzi

GORDON MAGLOIRE
Aton - Il passato che brucia
Aton - L'ultimo sortilegio
Aton - Il cuore dell'eroe

LAURA ORVIETO
Storie della storia del mondo

DAVID WALLIAMS
Campione in gonnella
Mr Stink

DOMENICO VOLPI
Re Artù e i Cavalieri della Tavola Rotonda

NIELS GRÅBØEL
Gli amici invisibili

NATALIE JANE PRIOR
Lily Quench e la Regina Drago

GUIDO SGARDOLI
Kaspar, il bravo soldato

PINA VARRIALE
Mai con la luna piena

ANGELA NANETTI
Due stagioni

AIDAN CHAMBERS
Ladre di regali

SUSANNA TAMARO
Il grande albero

KATE DICAMILLO
L'elefante del Mago

MARIE-AUDE MURAIL
Nodi al pettine

MARIE-AUDE MURAIL
Mio fratello Simple